共酣小酒館 上

Zoody——著
虫羊氏——繪

高寶書版集團

目錄
CONTENTS

第一杯調酒

申城，九月。

雨點沾著初秋的寒氣，滴在江蓁的手臂上。她一路埋頭走到屋簷下，收了傘，拍拍沾濕的襯衫。

家鄉渝市就是個濕漉霧蒙的城市，夏季四十天三十七天都是陰雨。細細密密的小雨連綿不停，數十日不見太陽。雨霧天最惱人，天氣陰沉讓人情緒也不暢快。

江蓁倒是不討厭雨天，早就習慣了，習慣之後就沒什麼討厭不討厭。

房子在二樓，樓梯間老舊，空氣裡瀰漫著一股潮濕的水泥味。

江蓁加快步伐，到二樓見大門敞著，她喘口氣，輕輕叩了叩門，問：「有人嗎？」

腳步聲響起，屋子裡走出個男人，穿著簡單的黑色T恤和牛仔褲，年齡大概在三十五左右。

江蓁上週來過一次，和男人是第二次見面。

上次只是匆匆參觀了一圈，比較完幾間房子之後，江蓁還是最喜歡這裡。

今天打算再仔細看一遍，如果沒問題的話就把合約簽了，她想儘早搬過來。

男人看到江蓁，打了個招呼：「江小姐來了。」

江蓁微笑著點點頭：「程先生。」

「快進來吧，要喝點什麼嗎？」男人一邊說，一邊接過她手裡的傘，抬臂用力甩了甩，撐開晾在門口。

距離他們原本約定好的時間已經過去快四十分鐘，江蓁遲到了，但是對方似乎並不在意這件事，把她迎進屋，遞給她一杯溫水。

她接過道了聲謝：「那個，不好意思啊，雨天路不好走，讓你久等了。」

男人擺擺手：「沒，我也剛到十分鐘，路上太塞了。」

江蓁的租房經驗匱乏，上一次被人狠狠坑了，勉勉強強住了一年，終於到達她的崩潰極限決定搬家。

吃一塹長一智，這次她小心翼翼地走過每間屋子，在重要的地方駐足察看，細緻詢問清楚。

這間房採光好、家具齊備，基本的冰箱、洗衣機都有，瓦斯水電也沒問題。

房租在她可接受的範圍內，裝潢風格也合她心意。

江蓁沒有表露過多的滿意，又象徵性地問了幾個問題，心裡大概有了數。

男人告訴她：「這裡之前一直拿來做民宿，最近附近的居民嫌遊客太吵才改成長租。這老巷子舊是舊了點，但老才有味道嘛。」

江蓁點點頭，開玩笑道：「是挺有味道的，我剛剛過來一路上都飄著香味。」

老街古樸，民宅最高也就四層，一樓都拿來做店鋪了，這一條巷子藏著好多家老店。

男人爽朗地笑了笑：「粢飯糰吃過嗎？妳要是住過來，就認準街口王叔那家。」

江蓁也笑：「那太好了，早飯不用煩惱了。」

這話的意思就是看中這裡了。都是明白人，不說周旋話。男人從口袋裡取出名片夾，遞給江蓁一張：「合約我準備了，是決定租了？」

江蓁接過，垂眸掃了上面的資訊一眼，點點頭肯定道：「對，我租。」

男人叫程澤凱，姓名下面一行是聯絡方式，職務上寫著 At Will 大廳經理。

江蓁收好名片，問：「程先生，聽你說話是北方人？」

「對，我青島人。」

「那這房子是……」

程澤凱笑了笑，這女孩謹慎又聰明：「我師兄的，他人懶，所以讓我來辦。這妳放心，沒有中間商賺差價。」

和這樣的人說話就是舒服，江蓁這麼快決定要這間也是因為對程澤凱留了個好印象。最後的顧慮解除，江蓁揚起微笑：「行，給我看看合約吧。」

程澤凱從文件袋裡拿出兩份合約，遞給江蓁：「有什麼問題可以再修改。」

江蓁信手翻閱起來，合約上的都是常規內容，沒什麼問題，對方擬得也很仔細，條條項項都說得很清楚。

瀏覽完最後一頁，江蓁抬眸問程澤凱：「有筆嗎？」

程澤凱沒料到江蓁會這麼爽快，挑了挑眉稍，露出有些驚喜的表情。

「不再看看？」程澤凱把筆遞過去。

江蓁接過，打開筆帽：「已經看好了。」

她做事不喜歡拖泥帶水，既然心裡已經有了偏向，再猶猶豫豫是浪費時間。

合約上甲方已經簽好名字，字跡瀟灑潦草，江蓁只能辨認出最後一個字是「秋」——他應該就是程澤凱所說的師兄，這間屋子真正的主人。

江蓁在乙方後簽上自己的名字，把一份合約還給程澤凱，另一份收進自己的包裡。

合約簽署完畢，租賃關係即刻生效。程澤凱起身，向她伸出手：「妳隨時可以搬進來，祝妳入住愉快。」

江蓁回握住，道了聲「謝謝」。

說不清是為什麼，但她能感覺到，程澤凱很希望自己能租下這間房子。時隔一週後再聯絡他，他也說房子還沒租出去，像是特地留給她的。

不管怎樣，租房過程一切順利，這是個好的開始。

看房結束，程澤凱送江蓁下樓。雨還沒停，程澤凱問江蓁怎麼來的，江蓁回答地鐵。

程澤凱抬腕看了錶一眼，說：「我送妳回去吧，妳住哪？」

江蓁擺擺手拒絕：「不用，等等塞車太浪費時間，還是地鐵方便。」

「那行。」程澤凱往巷口指了指，「這裡左轉往裡走，有家酒館，我就在那上班，妳要是有空可以來嘗嘗。」

江蓁順著他指的方向看去，問：「酒館？」她剛剛猜測他在餐廳或飯店工作，沒想到是酒館。

「對，酒館。妳平時喝酒嗎？」

江蓁抿了下唇：「還行，偶爾。」

程澤凱留著平頭，不笑的時候看起來挺酷，但一笑就顯得憨實，他毫不謙虛地打起了廣告：「我們家主廚廚藝很好，店裡還有好幾個帥哥員工，妳要是有空就帶著朋友過來玩。」

江蓁笑著應好。

在路口和程澤凱揮手告別，江蓁撐開傘步入雨中。

雨勢小了很多，風吹上來帶著涼意，江蓁躲過一個水塘，深呼吸長嘆口氣。

這段時間她的生活不太如意，租的房子漏水還時常跳電，和相戀五年的男友沒能熬過異地戀分了手，工作上接連出現失誤被上司狠批，想發發善心轉轉運，餵樓下野貓時還被撓了三條血痕。

江蓁不是乖乖任生活宰割之輩，有人水星逆行求錦鯉，她不信這些東西。時來運轉要靠自己，撥雲見日也要靠自己。

切換心情最直接的方式是清理。

有人剪短頭髮、有人清理閒置，道理都是一樣的。把舊有的斷捨離，那些雜亂的情緒似乎也被一起扔掉。

周晉安這些年零零碎碎送給她的東西不少，直接扔掉太浪費資源，江蓁把它們分類歸置好，二手賣的賣，捐的捐，送的送。

剛開始還是捨不得的，牽連了感情，物就不單單只是物。這些東西曾經被她小心珍藏，前年情人節他送的永生花更是灰都捨不得見。

可現在留著只是負擔，在江蓁的觀念裡既然要分就要分得乾淨，不留任何念想，這對雙方都好。

江蓁賣的第一件是一條項鍊，他們在一起一週年的禮物。

這條項鍊她戴了很久，碎鑽依舊閃著光，當初的情誼卻在時間裡暗淡了。

把項鍊打包好寄出去，江蓁辦得乾脆俐落。

轉身走出快遞站，風一吹她眼眶立刻紅了一圈。

一瞬間委屈和不甘湧占心頭，江蓁咬著牙沒讓自己哭出來。

她二十七歲，沒時間也不應該把失戀當成天塌一樣的事。

熬過剛開始那陣難受，之後就變得容易很多。

一件一件東西處理掉，她殘留的感情也一點一點被消磨。

搬家前的晚上，江蓁一個人去電影院看了場「年度催淚大片」——宣傳海報上這麼說。

電影裡主角生離死別，配樂與場景將氣氛烘托至高潮。

江蓁原打算借此機會讓自己痛痛快快大哭一場，但顯然她低估了自己的淚點。

男主角墜落深淵時，旁邊的女生小聲嗚咽，她一臉平靜地吃著爆米花。

女主角在男主角離開後得知真相，發現自己誤會並害死男主時，旁邊的女生哭得撕心裂肺，她掏出手機回覆訊息。

男女主角歷經磨難終於重逢，相擁在一起時，旁邊的女孩抽噎陣陣，她內心毫無波瀾，一心只想著終於結束了憋尿憋死她了。

也許這就是成熟的代價，她變得冷漠而現實。

回到家江蓁打開冰箱，其餘東西都被清空，還剩五六瓶酒。

她把剩餘的酒全部捧在懷裡挪到茶几上，啤酒、白酒還有兩瓶果酒，江蓁就著兩包洋芋片一瓶接著一瓶全喝了。

還是酒精實在，這才是真正的忘憂解愁。

酒意上頭，思緒遲鈍，江蓁回臥室倒頭睡下，一夜無夢至天明。

第二天起床時她看著鏡子裡腫成蟠桃的一張臉，噗哧一聲笑了。

哭不出來的成年人還能自己逗笑自己，也挺好的。

從看房子、簽合約，到收拾東西、聯絡搬家公司，江蓁前後用了不過一週。

正式搬家那天，她坐在副駕駛座上，耳機裡播著英文歌，車窗外樹木匆匆而過，從僻靜郊外到車水馬龍，中城的市區繁華喧鬧。

高樓摩天，看板閃著螢光，城市是冷的；街上煙火氣流轉，吵吵嚷嚷，又是熱的。冷熱人間構成獨一無二的申城。

江蓁一年前初來乍到，莽莽撞撞地摸索前行，一年後，她逐漸習慣了這裡的氣候和生活節奏。

成年後煩惱總是接踵而至，不留空隙喘息。

好在她為數不多的優點裡有一項叫作適應性強，有一項叫作積極樂觀。

凡事要往好處想，往後沒有可能隨時停電斷網的小破房子，不用再為和周晉安吵架頭疼，每天早上還能多睡二十分鐘以更好的精神風貌迎接她親愛的主管。

人是為明天而活的，人要往前看。

路過花店時江蓁買了一束洛神玫瑰給自己，花蕊粉色，花瓣白色，花瓣層層疊疊呈波浪型，幾朵擁在一處，顯得更嬌豔可愛。

她拿出手機精心選好角度拍了兩張照片，又切換成前鏡頭自拍了一張。

渝市多美女，江蓁就是典型的美人，鵝蛋臉杏仁眼，稍加打扮便明豔動人，笑起來明眸皓齒，鼻尖一顆痣更是點睛之筆，媚而不妖。

江蓁點開社群軟體，將剛拍好的幾張照片上傳發文。

成功發文後立刻有人點讚，在通知清單看到熟悉的人後，江蓁心滿意足，關上螢幕不再管它。

雨後初霽，縷縷陽光穿透雲層，街口萬壽菊綻放，秋風吹動紅葉簌簌作響。

再次邁步時，江蓁昂首挺胸，步伐堅定，高跟鞋踩在水泥路上噠噠響，她的笑和懷裡的玫瑰相映生輝。

她無聲向世界宣告

——我重歸單身，我煥然新生。

搬到新家的第二天早晨，也許是興奮難耐，江蓁不等鬧鐘聲響起就自己醒了。

她起床洗漱，穿上新買的裙子，將棕色捲髮盤起用鯊魚夾固定。她平時不吃早飯，只熱了杯牛奶，淋上膠囊咖啡。

化妝時，江蓁特地換了個色號，楓葉紅棕，溫婉大氣而不失氣勢。

穿上高跟鞋，江蓁在手腕噴了兩下香水。

一切就緒，她在鏡子前駐足，確認完美無缺後，才提包走出公寓。

今天的她光彩照人，風姿綽約。

都市街頭不缺美女，但江蓁絕對是今日的勝者。

她贏在這份難得的凌人自信和眼裡如碎星閃耀的光。

昨晚江蓁晚睡一個小時，將週一例會報告的內容準備充分，就等著展示，好向陶婷證明之前萎靡不振的自己已經脫胎換骨。

一路到公司，江蓁走得急急忙忙。走過格子間時，她刻意放慢步調，只等誰先發現她的不同尋常。

但理想與現實總是相差甚遠，週一症候群讓打工仔們神情懨懨，無精打采，一大早辦公室就瀰漫著濃郁的咖啡香味。

江蓁迎面遇上劉軒睿，剛抬手想和他打聲招呼，就見他拎著保溫杯，腳步虛浮，面色蒼白，幽靈一般與她擦肩飄過。

別說注意到江蓁，大家一個個哈欠連天，半睜著眼，像是隨時能倒頭睡下。

而她第一次這麼期盼見到的上司陶婷臨時出差去北京了，週一例會改為文字彙報。

江蓁坐到自己的位子上，無奈地慫了慫肩。

也好，無風無浪即是順風順水。

一天裡沒壞事發生就是最大的好事。

上司不在，江蓁手頭沒什麼要緊的事。

難得可以光明正大地摸魚，一到下班時間，辦公室裡立刻就空了。

江蓁也收拾東西準備回家，走出辦公大樓時她伸了個懶腰。今天不趕著回去，選了公車慢悠悠地行駛在城市街道。

傍晚六點，雲層和餘暉撕扯，天際被染成粉橘色，路邊的枯枝殘葉被風吹過。在夜與晝的交際時分，江蓁望著窗外的城市風景，漸漸放鬆下來，心情平和。

秋日天黑得早，到站的時候七點多，但夜色已深，路燈亮起昏黃光芒。

江蓁走在老街上，店鋪都已經關門了。早上走的時候還熱鬧非凡，這時顯得有些冷清。整條街還剩一家店鋪亮著燈，江蓁的視線被吸引過去。

她站在門口打量了一眼，竟沒看出這是什麼店。

沒有顯眼的招牌，也聽不到裡面的聲音，只能從玻璃窗隱隱約約看見幾個人影。瞥到一旁的展板上寫著 At Will 的字樣，江蓁這才反應過來，這就是程澤凱那天和她提過的酒館。

屋簷下的鈴鐺在風中搖曳，碰撞發出清脆響聲，江蓁向前邁了一步跨上臺階，輕輕推開木門。

那天程澤凱問她平時喝不喝酒，江蓁回答說：「還行，偶爾。」

這話是對生人的有所保留。

事實上，還行是很愛，偶爾是經常。

對於江蓁來說，成年之後每天最大的盼頭就是下班回家打開冰箱的那一刻。一瓶冰鎮的酒，幾樣小吃和零食，伴著晚間綜藝徐徐悠悠地享受片刻閒散。

酒精作用下，高速運轉了一天的大腦逐漸遲緩，神經放鬆，連帶著整個人也放鬆下來，這是最簡單也最有效的紓壓方式。

人們依賴酒，高興時拿它慶祝，難過時拿它忘憂，疲憊時拿它舒心。只要不過頭，不成癮，酒在大多數時刻還算是樣好東西。

那天聽說附近有家酒館時，江蓁立刻燃起了興致。

沒想到今天兜兜轉轉，能在回家的路上恰好經過。

「咯吱」一聲，木門後的喧鬧從門縫中擠出，侵占原本安靜的四周。

江蓁推門而入，第一眼看到的是幅字，掛在牆的正上方，字跡瀟灑，似一揮而就，寫的是「酒到萬事除」五個字。

視線向下，一排木製高腳凳上三三兩兩坐了客人，吧檯後是占據整面牆的酒櫃，上面擺放著瓶瓶罐罐的酒瓶，來歷、品種各不相同。

大堂裡擺了六七桌座位，桌椅都是木製的，燈光是暖色調，擺設裝飾也都是同一個風格，復古慵懶，偏日式。

酒館裡說話聲、音樂聲、各種器皿碰撞在一起的聲音喧喧嚷嚷，這樣的吵鬧渾然一體，構成一種獨特的靜，吸引人陷入其中。

江蓁感到驚喜，早知道這附近還有一個這樣的地方，第一次來看房她就會定下。

男服務生先注意到她，拿著菜單走了過來，說了聲：「歡迎光臨，想坐哪？」

江蓁掃視了一圈，挑了個靠窗的位子坐下。

沒見到程澤凱，大概是不在店裡。

服務生見她面生，問：「喝酒還是吃飯？」

江蓁翻開菜單的第一頁，寫的是啤酒，種類很多，普通的天涯、青島、日式生啤、德國黑啤、調和過的水果啤酒，還有種叫燕麥奶啤，來自各個地方，好幾樣江蓁都沒聽說過。

她饒有興致地翻著菜單，回答說：「吃飯，也喝酒。」

「行。」服務生點點頭，提示她，「吃的在最後一頁。」

江蓁翻了兩頁，這Ａ４大小的菜單竟然整整兩頁都是酒，前一頁啤酒，後一頁特調，名字取得一個比一個有意思，比如這個「芳心縱火」，看下面的成分介紹，其實就是燒酒混莓果汁。還有一杯叫「白白胖胖」，蘭姆混了可爾必思，表面打一圈奶油，再撒上糖碎。

江蓁一項項看過去，忍俊不禁，嘴角揚了又揚。

大致瀏覽完，她手指在菜單上的某一欄輕輕點了點，抬頭說：「我要這個，冰川落日。」

服務生一邊在本子上記下一邊說：「好的，那您看看吃點什麼。」

酒挑了一陣子，吃的就不用了，因為菜單上一共只寫了兩行。

第一行寫著下酒小菜，括弧裡備註是滷牛肉、拌海帶和炒花生三樣。

第二行只有八個字——「主廚今日心情指數」。

江蓁輕挑眉稍，帶著疑惑問：「這是什麼意思，我吃什麼主廚定？」

服務生點了下頭：「對，這是我們店的規矩。」

「意思是主廚心情好就給我吃鮑魚撈飯，心情不好清湯麵？」

「是這樣，但您放心。」服務生靦腆地笑著，朝裡頭指了指，特別肯定地和她保證，「我們主廚做什麼都好吃，您不會虧。」

江蓁想起這家酒館的名字，笑了笑說：「倒真的是隨意。」

她合上菜單：「行，那給我來一份這個。」

服務生問她有沒有什麼忌口，江蓁搖頭說沒有。

末了她又補一句：「希望你們主廚今天心情不錯。」

等菜的期間江蓁滑了下社群，不像前兩天週末那般熱鬧悠閒，今天的社群上現實很多，要麼是哭著求問什麼時候週五，要麼就是抱怨打工仔的苦悶生活。

她幫同事們一則則讚過去，突然看到陶婷分享了一篇文章。

江蓁點進去，發現是臻麗雜誌的每週焦點新聞，這期的標題是：茜雀&煥言，誰將有望入圍 2020 年年度彩妝 TOP10？

茜雀就是江蓁所在的公司，而煥言是個新晉的國產品牌，也是目前他們最大的競爭對手。

《臻麗時尚》創刊三十年，最為知名的就是年度榜單。每一年臻麗都會進行一次年末盤點，對這一年裡各大品牌推出的產品進行評估打分，部分分數來自業內專業人士，部分來自使用者回饋和市場調查，客觀公正，因此極具權威性。

因為綜合考量了價格、品質、行銷推廣模式等方面，所以相較於一般的資料榜單，臻麗的排行榜上會出現許多平價品牌，甚至是一些聞所未聞的小眾牌子。

上半年茜雀和煥言的成績都不錯，兩者是最有潛力進入榜單的新秀品牌，但臻麗這一則新聞也暗示了，今年只有一個名額，最終花落誰家還未知。

江蓁匆匆瀏覽完，小編對比了兩個品牌今年的資料，銷售量和口碑都差不多，可以說平分秋色。

茜雀上半年最亮眼的表現是拿下國內知名服裝設計師鄒躍個人秀展的獨家合作，而煥言和一部熱播劇聯名推出了特製限定款口紅套裝，拿下今年全行業聯名款的銷售之最。

榜單在明年年初公布，年底評選。決定誰勝誰負就看接下來的三個月。

無論是哪個行業，金九銀十的說法都一樣。現在又多了一個雙十一，各家都卯足全力，這才是真正見分曉的時刻。

茜雀的新品即將發售，但是很不巧的，產品和煥言撞了，都是一套眼影盤。

如果真要硬碰硬，茜雀倒是不怕。但是煥言那和敦煌文創搞了個聯名，從產品包裝到行銷推廣都是一次升級，優勢太大。

茜雀想贏的穩一點，就要換產品，陶婷被臨時喊去北京開會應該是為了這事。

江蓁知道陶婷不怎麼喜歡自己，她也不喜歡總是擺臭臉的陶婷，但不妨礙她在上司面前討好賣乖。

她戳開陶婷的聊天室，快速在鍵盤上打字點擊傳送。

江蓁：『婷姐，在休息嗎？』

陶婷回得很快，回了個問號。

江蓁：『這次出差怎麼樣啊？』

陶婷：『還行，挺順利的。』

見對方態度溫和，江蓁繼續打字傳送。

江蓁：『最後定了哪個系列？公司有再提什麼要求嗎？』

那頭陶婷一直顯示正在輸入中，過了大半分鐘才傳來一句話。

陶婷：『不著急，等我回去說。』

江蓁還想再說什麼，店裡的服務生端著菜盤來到她桌邊，她最後打下一句『好的，您辛苦了』，收起了手機。

服務生上的是酒，江蓁點它純粹是因為名字特別，帶著好奇心想看看「冰川落日」到底是什麼。

桌上，玻璃杯裡裝著一塊凍成山巒形狀的奶白色冰塊，幾乎占滿整個杯子，浸在一層透藍色液體裡。杯口用一瓣柳丁作裝飾，調酒師應該最後擠壓了一下，使少許汁水順著杯口流下，冰塊表面淺淺一抹橘色，像落日的餘暉映在漸漸消融的冰川之上。

「冰川落日」，確實不負其名，做得別緻漂亮，很賞心悅目。

江蓁端起杯子呷了一口，先嘗到的是柳丁的酸澀，再往下味道就豐富了。

杯子裡的冰塊是用乳酸菌飲料凍成的，帶著一股甜味，真正的酒味來自底部的透藍色液體，是調和過的蘭姆酒。放了一下，冰塊開始融化，乳酸菌飲料混著醇厚的蘭姆酒，入口冰涼順滑，柳丁的存在消解了甜膩，也讓整杯酒多了一股清香。

甜而清爽，更像杯飲料，適合女孩子喝。

江蓁小口小口喝著，不知不覺竟然快喝完了。

很快那份令她期待的「主廚今日心情指數」也端上來了，餐盤裡裝著一口石鍋和一個小瓷碗，都蓋著蓋子，到最後也不忘保持神祕。

最初看到菜單時，江蓁以為不過是種行銷手段，用新奇的噱頭來刺激消費，但結合店名看，說不定這裡的老闆就是個這樣隨意的人。

不得不說確實吸引人，一來讓客人不用糾結，二來又給人期待感。

盲盒受歡迎的原因就在此，在已知範圍內保留一份懸念，比起知曉答案後的失落或驚喜，也許真正讓人欲罷不能的是在揭開之前的忐忑和按捺不住的興奮。

這樣的感覺奇妙又刺激，本質也是賭，人有的時候需要一點未知來吊起情緒。

隱隱聞到一陣鮮香味，江蓁舔了下下唇，抬手揭開蓋子。

石鍋裡裝著海膽豆腐湯，還沸騰著，咕嚕咕嚕冒著泡。

不說有多驚喜，但她並未失望。

江蓁用勺子舀了舀，豆腐湯料很足，輔以香菇、青菜，還有切成條的瘦肉。那股鮮味正來自海膽，湯底濃稠鹹香，色澤澄黃誘人，看起來就很有食欲。

江蓁吞咽了一下，這樣的湯最下飯，剛剛還不覺得餓，現在可太饞了。

她快速揭開另一個瓷碗，果然是碗白米飯，米粒飽滿晶瑩，上面還撒了幾顆黑芝麻。

一鍋湯一碗飯，江蓁吃得乾乾淨淨。

酒足飯飽，她饜足地打了個嗝。

酒館裡的客人們三五成群，或聊天或喝酒。

這裡熱鬧、暖和，但不悶也不吵。

江蓁捨不得走，她一個人坐在窗邊，不覺得孤獨，只覺得很安靜，整個人放鬆著，身子有些懶洋洋。

服務生人挺好，也沒替她收拾桌子，還倒了杯茶，問她有沒有醉。

江蓁笑著搖搖頭，她一笑起來露出兩顆虎牙，配上酒意醺紅的臉頰，顯得有些乖巧。

她抬頭和服務生說：「這酒沒什麼度數，沒醉。你們什麼時候打烊？」

服務生回答：「我們一直開到夜裡三點，但是我們主廚十二點就下班了，後面只供應小菜和酒。」

江蓁點點頭：「行，我知道了，我再坐一下。」

服務生「欸」了聲：「您有什麼需要再叫我。」

江蓁這一坐坐到了凌晨。

一開始打算九、十點就走，結果店裡的電視機播了部老電影，那電影江蓁很小的時候看過，那時金城武還年輕。

電影開始播放時，客人們默契地安靜下來，說話也壓低了聲音。

小酒館成了非典型影院，江蓁坐在角落裡專心地重溫了一遍《重慶森林》。

以前還小，沒看懂，看到的也膚淺，現在再看體會出的東西就不一樣了。

欲望都市下，人的靈魂孤獨而封閉。

江蓁撐著下巴自嘲地笑了笑，她竟然找到了某些共鳴。

影片落幕，江蓁覺得腦子有些發沉，到了這個時間，也該睏了。

在前檯結完帳，她轉身走出酒館。

外頭夜色已深，晚風瑟瑟，裹挾著初秋的涼意。

屋裡屋外像是兩個平行世界，屋外的月亮照不到屋裡，屋裡的熱鬧和屋外不相通。

她對這裡還不太熟悉，一個人走夜路到底是怕的，儘管離家就一百公尺了。

江蓁低頭把半張臉埋進外套裡，身後一直有道沉穩的腳步聲跟著，她不敢多想，只加快了步伐。

一直走到樓下腳步聲還在，江蓁一咬牙，手機攥在掌心，噔噔噔地往上爬樓梯。

公寓老舊，二樓的燈泡似乎是壞了，一閃一閃的，照不清什麼，怪嚇人的。

江蓁剛往上邁一步，抬眸的一瞬恍惚看到抹綠光，沒等她反應過來，腳邊一道黑影飛速躥過。

毛茸茸的觸感擦著腳踝轉瞬即逝，江蓁瞬間全身冒起雞皮疙瘩，後背發涼發麻。

她本就神經緊繃，這下把魂都嚇得出竅了。

尖叫啞在喉嚨裡沒發出來，腿上發軟，眼看著要往下倒，她的手臂被人扯住扶了一把。

「小心。」

身後響起男人的聲音，嗓音低沉，帶著股上了年紀的磨礪感。

江蓁還在喘氣，沒緩過來。

男人的手很有力，把她扶穩了就鬆開，又說：「只是野貓，不用怕。」

江蓁點點頭，道了句「謝謝。」

她輕輕拍著自己的前胸，平復呼吸和心跳。

冷靜下來想想剛剛的表現還有些好笑，被野貓嚇成這樣，太丟臉了。

男人問她：「新搬來的？」

江蓁「嗯」了聲。

男人沒再多說什麼，江蓁自覺臉已經丟夠，繼續抬步往上走，想儘快逃離這個場景。

邁了兩步，腳邊突然多了束光，江蓁反應過來，是他開了手機的手電筒，幫她照著路。

江蓁用虎牙咬了下唇角，心在暗處顫了顫。

到了二樓家門口，江蓁偏過頭再次小聲說了句：「謝謝。」

男人沒說話，停在二樓走道裡，好像在抬眼查看燈泡。

借著進門轉身的姿勢，江蓁偷偷揚眸快速地瞥了一眼。

燈光一閃一閃，在或明或暗中她看見男人的身材高碩，側臉線條冷峻淩厲，有些凶。

但剛剛的舉動卻很溫柔。

門輕輕合上，江蓁深呼吸一口氣，平復自己因為驚嚇或是其他原因而錯亂波動的心跳。

第二杯調酒

洗漱完，江蓁躺在床上，翻了翻相簿，挑了幾張拍的滿意的照片上傳社群，沒配文案，就四張圖。

發完文也沒管通知清單的點讚和留言，單純記錄一下，沒想曬什麼。

過了一陣子她收到程澤凱傳來的訊息，對方認出圖裡的背景是 At Will。

程澤凱：『去店裡了？怎麼樣？』

江蓁：『不錯，酒好喝飯好吃。』

江蓁還配了一個貓貓豎大拇指點讚的貼圖。

程澤凱：『哈哈，有空常來。』

江蓁想起剛剛的事，正好趁這個機會和他反映一下。

江蓁：『對了，走道裡的燈泡壞了，能找人修一下嗎？』

聊天畫面上跳出個聯絡人的資訊。

程澤凱：『這是房東，妳和他說吧，我這兩天不在申城。以後有什麼事直接找他也行。』

聯絡人資訊上的大頭照是一隻黃金獵犬幼犬，瞇著眼趴在人懷裡，一副很享受的樣子。

ＩＤ名叫 Fall。

江蓁點進去，放大照片仔細看了看。

抱著狗的是隻男人的手，看起來挺寬大，骨節分明，皮膚偏深，手背布著青筋，拇指指甲蓋下有道疤。

和那些白皙修長的比起來，這稱不上好看。

但不知為何撥了撥江蓁的某根審美神經。

成熟，帶著點不羈的粗糙，帶感，有味道。

手掌上搭著小狗的腦袋，又有點說不出的溫馨。

她忍不住多看了兩眼，才退回，按下「添加到通訊錄」。

對方似乎有事沒看手機，江蓁等了一陣子也沒看到他通過。

睏意襲來，她打了個哈欠，手機塞到枕頭下拉上被子睡了。

陶婷是在隔天下午回來的，一下飛機就趕到公司，召集整個部門的人開會。

旁邊跟著的助理一副被掏空的疲憊樣，陶婷卻依舊容光煥發。女強人形容她都輕了，她彷彿是不需要休眠的機器人，永遠冷靜、強硬，不會出現一點差錯。

江蓁甚至沒見她臉上有哪塊皮膚脫過妝卡過粉。

茜雀的市場企劃部分為A、B兩個組，頂頭上司都是主管陶婷，A組的組長是江蓁，B組組長宋青青。

會議室裡，陶婷坐在主位，兩組人員各自一左一右。

江蓁猜的沒錯，開會就是為了新品發表的事。

產品研發出來，是個從無到有的過程，而如何讓它漂亮地走到市場上，創造出更高的效益，就是他們現在需要做的事。

經過篩選和評估，新品最後選定為一套口紅，整個系列共七個色號，從髒橘到紅棕，霧面啞光。

口紅的行銷推廣說簡單簡單，說難也難。作為快速消費品，它很好賣出去，和衣服一樣，永遠不嫌多。

但如今市面上平價或大牌的口紅數以千計，想要脫穎而出，就要有過人的亮點。

從包裝到品質，再到後續推廣行銷，每一步都要講究，任何一個環節都有可能決定成敗。

在這套口紅的研發上茜雀下了很多功夫，質感和色澤都較以往有了全面提升。

陶婷讓助理把樣品發給大家看，指了指背後PPT上的展示圖，說：「先討論個事，你們覺得這個系列哪一支能定為主推？」

七支口紅按照深淺標上序號，放在一起看，各自的差別還是挺大的，淺的顯氣質，深的更有氣勢。

宋青青瀏覽完，先開口道：「我覺得是〇四，這支的顏色薄塗厚塗都好看，可以日常也可以鎮得住大場面。」

江蓁抬眼看了看，〇四是一支深淺適中的正紅色，誰塗都不會踩雷，容易駕馭，拿它作主推最保險。

她從桌上找到〇四，打開蓋子抹了一道在手背上。

陶婷點點頭，偏轉目光看向江蓁：「江蓁，妳覺得呢？」

「我覺得這支不行。」

這話一出，對面宋青青的笑僵了僵，但還是保持她一貫溫柔的語氣：「為什麼呀？」

工作上的事江蓁向來直言直語：「它太普通了，這個顏色誰包裡都有一支。」

宋青青沒急著再給理由，只問她：「那妳選哪一支？」

江蓁說出色號：「〇六。」

聞言宋青青哼笑一聲，覺得不可思議：「這支？這色太冷門了吧，喜歡這種棕色調的人不多，而且黃與黃黑膚色能駕馭嗎？」

〇六是支紅棕色調，膏體顏色偏深，確實不是多數人會選擇的顏色。

江蓁沒有作過多解釋，起身把卸妝濕巾和口紅傳遞給自己的組員，讓他們輪流上嘴試色，連兩個男生也沒逃過。

在場所有人的目光匯聚在他們的嘴唇上。

幾分鐘後，一排人抹上了江蓁選擇的〇六色號，他們的膚色、妝容、穿衣風格各異，當場試色呈現出來的效果最直觀。

除了于冰因為原本的唇色深，薄塗的效果並不好，它幾乎讓所有人都驚喜了。

「這一支像焦糖、拿鐵、栗子，是這一系列裡最貼近秋冬的顏色。事實證明偏黃膚色塗也沒有壓力，不說多少顯白，但氣質有明顯提升。比起冷門，我更想用『特別、高級』形容它。主推之所以是主推，不是因為大部分人選擇了它，而是我們，要讓大部分人去選擇它。」

江蓁一番話說完，勝負已然明曉。

始終抱著手臂安靜觀戰的陶婷終於發話：「就決定〇六。」

市場企劃部分為兩組是她做的決定，正常情況下，A組制定廣告企劃和品牌推廣提案，B組負責完善細節並組織執行對應的行銷活動。

兩組各有所長，各司其職，一個需要創意和洞察力，構造出核心骨架，一個更考驗細心和執行力，往裡填充血肉。

原本是平行合作的關係，但陶婷現在不這麼打算了，她覺得市場企劃部近日有些死氣沉沉，一個個安於現狀，沒幹勁沒活力，她不喜歡這樣的工作氣氛。

競爭是激起鬥志最有效的動力。

討論主推色號算是一個小小的預熱和試探。

陶婷起身，切換背後的PPT，不再多說別的，直接下達任務：「這次的新品發表有多重要不需要我多說，以前呢都是我直接安排工作，但這次我們換個方式，A、B兩組同時競爭，各自給我一個提案。週一下午彙報，屆時擇優取用。」

聽到「競爭」兩字江蓁抬眸看向對面的宋青青，對方捋著頭髮迴避了她的視線。

Ａ組其他人面面相覷，這樣的工作從來都是他們的，怎麼突然要競爭？

Ｂ組也挺意外的，儘管市場部對個人的綜合能力要求很高，但這麼久以來大家都習慣了，Ａ組出腦力，他們出腿力，誰能想到陶婷突然來這麼一出。

何況大家心裡都明白，陶婷馬上就要升遷部門經理，她一走，企劃主管的位子就空了下來。

論能力和工作量，江蓁都是主管的不二人選。算上這一次的新品企劃，就算她來茜雀僅僅一年多，也沒人敢質疑她的資歷擔不擔得起。

江蓁一直知道陶婷在兩個人之中她更偏好宋青青，這她管不了，她本身性格也不算討喜。

但是現在來這麼一出就有點說不過去了。

之前怎麼不說要公平競爭，偏偏在她升職前的考核上來場競爭？

這個炸彈扔出來，在場的人都受到衝擊，他們面上風平浪靜，底下心思各異。

但會還要開下去，「元凶」陶婷不動聲色，配合ＰＰＴ繼續講解任務要求，給出更詳細的說明。

江蓁用指甲掐著掌心，逼迫自己集中注意力，保持微笑撐到散會。

一走出會議室，她立刻放平嘴角，拉下臉要去追陶婷問清楚。

劉軒睿沒來得及攔她，攔也攔不住。

她身後，于冰擔心地問：「我們組長是不是被針對了？」

陶婷喜歡誰不喜歡誰，有點眼力的都看得出來。儘管她對誰都是不苟言笑，嚴肅的能去播新聞，但偶爾見到幾次她對宋青青那如沐春風的笑，大家也都明白了。

人家就是看你不順眼，人家對喜歡的員工可溫柔了。

劉軒睿抱著手臂嘆了聲氣：「是不是因為上次組長對接上出了失誤？那也不至於吧，就一個小錯，頂多算狀態不在線。」

于冰壓著嗓子，湊過去小聲說：「我看就是某人也眼饞主管的位子了唄，誰不知道這次幹的好就是大功臣。」

江蓁是個急性子火爆脾氣，今天這事她覺得不能理解，覺得有委屈，她就要當面說出來，憋不了也不想憋。

陶婷猜到她要來，辦公室門都沒關，看見她進來也不意外。

江蓁直接開口問：「為什麼這次要兩組競爭？」

陶婷喝了口咖啡，指指面前的椅子讓她坐下。

江蓁現在哪有心思坐，只想聽到合理的理由。

陶婷端著瓷杯，徐徐開口：「你們最近過得太輕鬆了，我適當的給點壓力促進工作積極性，不好嗎？」

江蓁心裡想說我信妳個鬼，挑這種時候給我壓力。

她深呼吸一口氣，儘量放慢語速平和語氣：「我的工作狀態已經調整回來了，妳可以相信我的能力，我保證以後不會再犯愚蠢的錯誤。」

陶婷嘴角勾出一抹淺淡的笑意，她揚起頭看江蓁，帶著領導者的威嚴和氣勢。

「我相信妳的能力，妳難道不相信嗎？妳需要做的事沒有變，交一份讓人滿意的企劃提案，和妳以前做的都一樣，妳在擔心什麼？」

江蓁垂眸把視線移開，頓了兩秒，又重新對上陶婷的目光，她點點頭，說：「行，我明白了。謝謝主管。」

陶婷拿起手邊的文件開始審批：「去工作吧。」

江蓁走出辦公室，剛坐回自己座位上劉軒睿就滑著椅子湊過來。

「姐，怎麼樣啊？陶婷怎麼說的？」

江蓁打開筆電，目光專注在螢幕上：「沒說什麼，我們做好自己的就行。」

她在A組的工作群組裡上傳一則群組公告，要求每人在下班前想一個idea。

見劉軒睿還傻傻地坐在她旁邊，江蓁抬腿踹了下他辦公椅的滑輪：「滾去工作。」

陶婷那番話說的還挺一針見血。

一瞬間江蓁多多少少明白了。

個人能力上她比宋青青強，團隊協作也不輸，沒什麼好害怕的，競爭就競爭唄。

今天下班後她帶著A組留下來開了個小會，大家提的 idea 中規中矩，沒有太大的亮點。頭腦風暴也要看狀態，上了一天班都疲憊了，江蓁不打算接著磨，幫組員們點了外送，讓他們吃完回家好好休息，接下來幾天有得忙。

走到家門口了，看樓梯間漆黑一片，江蓁才想起燈泡的事。忙忘了，沒跟房東提，沒想到這燈今天乾脆直接熄了罷工了。

江蓁長長吐出一口氣，突然覺得滿身疲憊。

她解鎖手機打開手電筒，邁步往上走。

剛踏上一層臺階，高跟鞋踩在水泥地上發出「噠」一聲。

「呲啦——」

暖黃色的燈光倏然亮起，映滿整座樓梯間。

燈泡已經修好了，樓梯間裡一片明亮。

手電筒的微弱光芒顯得微不足道，江蓁收起手機，繼續往上走。

暖光照亮腳下的路，讓老舊的公寓多了點溫馨，周身的空氣好像也沒剛剛那樣陰冷了。

到家之後她打開聊天軟體，在清單裡找到名為 Fall 的聯絡人。

看時間他是下午通過好友申請的，江蓁白天在上班沒顧上。

她把對方的備註改為房東，想了想，又打了個空格，後面加上一個「秋」字。

也許是程澤凱和他說了燈泡的事？

辦事還挺有效率的，今天就修好了。

江蓁一邊從冰箱裡拿了瓶啤酒，一邊單手操作鍵盤打字。

江蓁：『燈泡已經修好了，謝謝。』

對方沒立刻回，大概又在忙。

江蓁放下手機，摘下髮夾揉揉被綁了一天的頭髮，打了個哈欠去浴室卸妝洗澡。

入睡前，江蓁躺在床上，抱著筆電敲敲打打，在文件裡列出幾個名字。

茜雀的品牌創始人是上世紀德國的一位化妝師，二戰後德國婦女自我意識萌發，許多女性產品也在這階段飛快發展。茜雀的美妝產品加入植物精粹為原料，主打自然科學的追求美麗，以「Jede Frau ist Künstlerin, jede Künstlerin hat ihren eigenen Stil.（每個女人都是藝術家，每個藝術家都有自己的風格）」為創始理念，憑藉優良品質和高ＣＰ值被越來越多消費者喜愛。

茜雀在二〇〇二年被芙敏萊集團收購成為旗下的彩妝品牌，近兩年走入亞洲市場，在本國成立了分公司，已逐漸躋身世界中高檔化妝品牌。

陶婷在會上傳達了總部的意思，上頭想借這個新品上市的機會為茜雀中華區找一位品牌代言人。

市場企劃部這次的主要任務就是敲定一位合適的代言人，並給出一個廣告拍攝和後續推廣的提案。

廣告和推廣的創意其實並不難想，他們本就靠這個吃飯，商討的過程中總會有靈光一閃的想法冒出來。

最大的問題出在找代言人上。

一線大小女星難請，怕人家看不上你這牌子。二線的身上基本都已經有一個彩妝或護膚品的代言。

三線的身分地位又配不上，這可是茜雀的首位中華區代言人，怎麼樣也不能找個名不經傳的小明星。

羅列了幾個人選，江蓁打了個哈欠，瞟了右下角一眼，快要一點了。

她儲存文件合上電腦，摘下近視眼鏡揉揉酸澀的眼睛。

手機發出一聲訊息提示音，江蓁伸手搆過來看。

是房東回覆了，第一句是個『嗯』，第二句『有問題再聯絡我』。

江蓁想挑個比「ＯＫ」的貼圖傳過去，手一滑，點成了小黃鴨說晚安。

下意識想撤回，想想又算了，這貼圖還挺應景的。

她重新補傳一句『好的』，留著那滑稽的小黃鴨沒管。

對方沒再回，江蓁又忍不住打了個哈欠，她關上螢幕收起手機，關了床頭櫃的檯燈，躺進被窩裡調整一下姿勢，合眼準備入睡。

在黑暗中手機螢幕亮起微弱的光，她收到一則新的訊息。

——房東秋：『晚安。』

第二天上班的狀況不算太好，于冰和李驍根據江蓁列出的人選做了背景調查和商業價值預估。篩選出來符合要求的藝人再由劉軒睿和工作人員做初步聯絡。

結果都差不多，直接一點的表示已經有其他類似合約在接洽，委婉一點的就是說還需要團隊商量一下，之後再給回覆。

一天下來工作進度基本為零，B組遇到的問題也一樣。

這種時候兩組人對視一眼，彼此嘆了聲氣，意外地生出一分惺惺相惜之感。

大家都不容易，尤其是B組之前沒怎麼做過類似的工作，他們更煩惱。

六點多的時候江蓁帶著大家吃了飯，開了個小會做了下總結，再明確一下各自的分工。

她不喜歡加班，與其在這耗到十點十二點，不如早點回家休息好了明天再精神滿滿的接著幹。

不知道該不該說冤家路窄，出公司的時候江蓁恰巧碰上宋青青，她是本地人，自己有車，一輛和她本人氣質並不符合的黑色SUV。

喇叭響了一聲，車窗降下，露出宋青青甜美的笑臉：「江蓁，妳怎麼回家啊？」

今天白天下了點雨，地上還是濕的。這樣的陰天，在申城的市區搭車，前面排個一百多號是常事。

江蓁微微彎著腰回她：「我坐地鐵回去。」

宋青青說：「我送妳吧，妳住哪？」

江蓁的第一個反應就是拒絕，不管對方是真心還是客套，她都不想上這輛車：「不用，不麻煩妳，地鐵挺方便的。」

宋青青堅持：「上來吧，我看天氣預報等等還有雨。」

見江蓁不動，她又放平嘴角故作認真地說：「妳難道住郊區啊？那算了。」

這話是玩笑話，言下之意就是送她回家並不麻煩。

江蓁彎唇笑了，沒再推辭：「那謝謝妳了。」

她剛要邁步走過去，就聽到一聲「等等」。

「有積水，妳不好走。」宋青青扶著方向盤打了個轉，往右前方挪了一段貼著路邊停下。

江蓁抿抿唇，小心翼翼地踩著高跟鞋走過去打開車門。

這樣的宋青青看起來還挺順眼的，怪讓人心動的。

這個想法突然在腦袋裡冒出來，江蓁立刻被自己噁心到了。

她偷偷扁嘴皺著眉晃了晃頭，一副很嫌棄的樣子。

宋青青全然不知副駕駛座上這位此刻豐富的內心戲，邊發動車子邊問她：「蓁姐，妳住哪？」

江蓁調整好表情，微笑著，語氣柔和地說了地址。

路上車裡的氣氛並沒有江蓁預想的那樣尷尬。

本來還擔心宋青青會聊工作上的事，但她完全沒提。天氣、最近新上映的電影，甚至是樓下咖啡店的新品，瑣碎的無關緊要的她們都聊了些。

偶爾兩人都不說話了，一個安安靜靜開車，一個塞著耳機聽歌，還挺和諧。

白天下了雨，天氣陰沉，今晚沒有星星。平時申城的夜也看不到，也許一直有，只是被閃耀的霓虹和城市燈光掩蓋了光芒。

老社區巷子車子不好開，江蓁讓宋青青停在街口，她走一段路回去。

下車前江蓁再次和她道謝：「謝謝妳啊，回去開慢點。」

宋青青擺擺手，說了句「明天見」。很快那輛黑色SUV再次啟動，融於夜色，消失在視線中。

捫心自問，江蓁之前還是挺喜歡宋青青這人的，長得小家碧玉，但性格又不像長相上那麼柔弱文靜。兩組偶爾會有工作上需要交接的地方，她見識過宋青青的領導力，她有自己的想法，做事乾脆俐落。

但她心裡又無法不排斥這次企劃案的事，宋青青今天送她回家，真好心還是賣人情，江蓁懶得再想。

她這時只想痛快地喝一杯，再回家睡上舒舒服服的一覺。

——「歡迎光臨。」

江蓁鬆開門把，朝著門口的服務生微笑了下。

今天店裡的客人多，只有吧檯還剩張空位。

她坐到高腳凳上，面前就是調酒師的工作檯，木製長桌上擺放著造型各異的餐具和碗碟杯子，但整理的很整齊。架子上陳列著酒水飲料，除了各種類型的酒，飲料的種類也挺豐富，碳酸汽水、鮮榨果汁，就連紅色罐裝牛奶也有。

吧檯後只有一個調酒師在工作，穿得很隨意，一件黑色長衫，袖子捋到手臂處，留著灰藍色短髮。

因為專注於手上的動作，他視線微垂，睫毛濃密纖長，在眼下映出兩片小陰影，嘴唇很薄，抿成一條直線，看起來帶著點痞帥。

江蓁盯著人家的臉蛋看了一陣子，注意力才被他手上的動作吸引過去。

她以前也見過調酒師調酒，大部分喜歡炫技，調酒器在手上能翻出花來。

眼前的這位雖然看起來年齡不大，但他調酒的姿勢熟練老成、游刃有餘。晃酒的動作有力而不誇張，用金屬長勺小心混合各種液體時，安靜認真的樣子像在做一場化學實驗。

一連串的步驟過後，錐形玻璃杯裡盛著冒泡的透明色液體，看起來並沒有什麼特別之處。

調酒師插上吸管，但還未完成整個作品，他又彎腰從底下櫃子裡取出一個罐子，裡面裝著五顏六色的小熊軟糖。

看到他舀了一勺軟糖輕輕倒在杯子裡，彩色的小熊們漂浮在酒液表面，奇怪又可愛的組合，江蓁忍不住彎唇笑了。

她剛想開口問這杯酒叫什麼，就見那調酒師拿起一旁的紙巾擦了擦手，臉上的表情從冷酷嚴肅瞬間轉為明朗的笑，轉身朝裡頭興奮地喊：「周明磊、周明磊！快出來！」

很快垂布被人拉開，走出個年輕男人，比調酒師高一些，穿著白襯衫，戴著細框眼鏡，不像酒館裡的人，帶著股溫潤的書生氣。

他微微皺起眉，略帶警告的語氣：「聲音輕點，就你最吵。」

調酒師不怕他，臉上的笑意更盛，扯了一把年輕男人的手臂：「嘗嘗，我的新作。」

年輕男人端起杯子看了看，握著杯身的手指白皙修長，他說：「你就喜歡搞些沒用的花樣。」

話聽起來是抱怨，但語氣裡沒有不滿，男人淺淺嘗了一口，評價：「還可以，挺爽口的。」

調酒師笑著眨眨眼睛：「那你再幫忙取個名字。」

年輕男人左手握著杯子，轉身的時候揉了下調酒師的腦袋：「我不會取，我拿給秋哥看看。」

調酒師「嘁」了一聲：「一個老男人能取出什麼好聽的名字。」

聽著他們的對話，江蓁舔了下下唇，視線緊跟在那杯酒上，好奇是什麼味道。

她抬手指了指，開口問道：「能做一杯那個給我嗎？」

調酒師抬起頭和她對視一眼，勾起嘴角，他笑起來時眼睛會彎，很有少年感：「好，稍等。」

江蓁在吧檯坐了一陣子，服務生才匆匆拿著菜單過來，喘著氣和她道歉：「不好意思啊，久等了。」

「沒事。」江蓁六點多的時候喝了粥，這時不餓，只點了杯酒。

調酒師上的這杯還做了點改進，底部呈粉色，應該是加了果漿，除了酒裡有軟糖，放杯子的木盤上也撒了幾顆。

江蓁舉起杯子抿了口酒，汽水沖淡了酒精的刺激，氣泡很足，口感清爽。

應該是用雪碧兌了燒酒，底部的果漿很甜，但不會膩，隱隱能聞到白桃的清香。

她一隻手撐著下巴，一隻手把玻璃杯抬高，借著頂上的燈光仔細看。

軟糖漂浮在冒著氣泡的液體表面，晶瑩剔透，色彩斑斕，像被海水洗淨的七彩寶石。

近看之下，那小熊的姿勢還挺有趣，兩條短手臂放在胸前，一副氣鼓鼓的樣子。

江蓁玩笑道：「我看，就叫『小熊愛生氣』好了。」

江蓁話音剛落，剛剛的年輕男人又走了出來，邊走邊說：「秋哥說叫『花裡胡俏』。」

調酒師「啊」了一聲，琢磨了下覺出話裡的味來：「他是罵我這酒花裡胡俏吧？」

年輕男人聳聳肩，不予置評，把空了的杯子擱在桌上。

「嫌花裡胡俏還給我喝光了！我呸！」

調酒師哼了一聲：「用不著你們這些無趣的男人，人家美女姐姐幫我取好了，『小熊愛生氣』，就叫這名字了！」

江蓁本來是隨口一說，沒想到真的被徵用，她受寵若驚地問：「真用這名字啊？」

調酒師重重點了下頭：「嗯啊，挺可愛的，不錯。」

江蓁剛想開口和他多聊兩句，就聽到屋裡有人喊：「陳卓，有空了去幫瀟瀟搬東西。」

「欸，來了。」調酒師應了聲，放下手裡的杯子過去了。

陳卓？沉著？

江蓁默念這個名字，寓意不錯，就是好像和本人不太符合。

她坐著沒事幹，也不想玩手機，就撐著下巴發呆，偶爾端起杯子喝一口酒。

這樣放空大腦很治癒、很舒服，感覺一天的疲憊都被慢慢釋放出去。

再回來時，叫陳卓的調酒師喘著粗氣，額前的頭髮被汗打濕，他往後捋了一把，露出光潔的額頭。

嫌熱，陳卓抖著領口搧風，他幫自己倒了杯冰水，邊喝邊數落：「我說裴瀟瀟，妳批貨呢買這麼多洗髮精？妳有幾個頭？」

被他埋怨的女孩蹲著身子，正認真地清點地上的快遞盒：「又沒花你的錢，我支持兒子的事業多買點怎麼啦？」

江蓁聞言瞪大眼睛作驚訝狀：「妳這麼年輕就有孩子了？」

陳卓噗嗤一笑：「她有個屁。」

裴瀟瀟抬頭瞪了他一眼，指指盒子上的人，一臉驕傲地對江蓁說：「他，我兒子。」

江蓁自己不追星，但對娛樂圈的人還算有些瞭解，上面的是今年年初憑藉一部校園劇爆紅的流量小生吳桐，今年才十九歲。

她笑著打了個響指，心領神會：「我懂了，媽粉。」

裴瀟瀟把快遞箱拆了，足足兩大箱的洗髮精，她自己當然用不完，索性店裡每個人都送了一瓶。陳卓嘴上嫌棄，拿到手的時候還是很高興，撿便宜誰不樂意。

店裡其他員工也湊了過來，這瓶看看那瓶看看，一群大老爺們聚在一起討論洗髮精，這畫面太美了。

裴瀟瀟看不下去，催他們趕緊拿一瓶走人：「不是都一樣嗎？挑多久了，有差別嗎？」

有個服務生拿著一瓶洗髮精從後廚出來，說：「秋哥說不喜歡花香的，換個味道。」

裴瀟瀟立刻答應：「行，拿這瓶給哥，柳丁的。」

變臉速度太快了，這下其他人不滿了：「瀟瀟，妳差別對待啊！」

裴瀟瀟也坦蕩，做了個鬼臉：「我就差別就差別。」

江蓁聽著他們的對話，手指在桌面有節奏地敲打，腦袋裡冒出幾個零星的想法。

她拿出手機，在備忘錄裡打下幾個詞——「粉絲經濟」、「購買力」、「年輕元素」。

小熊酒看起來可愛，嘗起來一股汽水味，但後勁挺大。

江蓁坐了一下，覺得腦子有些沉，是要醉的跡象。

她起身打算回家，到前檯結帳時店員沒收她錢。

「媽粉」女孩裴瀟瀟指了指吧檯後的調酒師，說：「陳卓和我說了，這杯他請妳，謝謝妳幫他取名。歡迎妳有空常來。」

江蓁感到驚喜，笑著點點頭：「好，幫我和他說聲謝謝，酒很好喝。」

推開木門才發現外頭下起了雨，雨聲淅淅瀝瀝，晚風吹動樹葉落在地上。

江蓁站在門口，向外伸出手攤開掌心，雨勢不大，落在手上的雨點細細密密。她沒帶傘，好在這裡離家不算太遠。

屋簷下有個男人在抽菸，背靠在牆上，姿態慵懶，他穿著半截棕色圍裙，江蓁沒在店裡見過他，應該是後廚的廚師。

路燈的光芒昏黃，空氣冷而潮濕，風鈴叮鈴響，菸草味漫了過來。

男人偏頭往旁邊看了一眼，取下嘴邊的菸，夾在指間轉身回了屋裡。

風吹在小腿上涼颼颼的，江蓁攏緊風衣外套，低著頭小心抬步往外走。

身後木門又被推開，「吱呀」一聲，隨後是一陣沉穩急促的腳步聲。

「等等。」

剛走出一段路，江蓁的手被人輕扯了一下，還沒等她反應過來，眼前是男人的胸膛，頭頂多了把傘。

「拿著。」男人的嗓音低沉，沾染了夜色的涼意。

江蓁愣愣接過他遞過來的傘柄，等她回過神，把傘舉高抬眸望去，那人已經走了，留給她一個背影。

她提高聲音喊了一聲：「謝謝啊！」

男人的個子很高，剛剛站在面前她只勉強搆到人家的下巴。

江蓁打著傘往巷子深處走，她輕輕緩緩地呼吸，微涼潮濕的空氣混著淡淡的菸草味從鼻腔灌入肺腑，酒意散了大半。

雨點有節奏地落在傘面上，此刻心跳的頻率卻有些錯亂。

她晃晃腦袋，收回不知蔓延到何處的思緒，將注意力集中在腳下的路。

昨晚在酒館，裴瀟瀟偶然之間給了江蓁靈感。

隨著粉絲經濟崛起，如今流量愛豆的帶貨能力不容小覷。

合適的女明星不好找，那男藝人呢？

換了個方向，找代言人的進度就快了。

經過分析對比，A組將代言人的目標定為一個偶像組合，是去年年底透過選秀出道的七人男團，名字叫Kseven，粉絲數量龐大，發展很有前途，可以說是當前國內第一男子團體，與亞洲和同期海外男團比較，流量和業務能力也很能打。

江蓁調查過，他們還沒有美妝品牌的代言在身，經過初步交涉，對方也有合作的意向。

代言人確定下來，下一步就是想廣告創意。

開了一天的會，剛提出一個想法討論兩句又被否決，頭髮薅掉了好幾撮，總算是有了大家都認可的提案。

——以「秋日」、「溫暖」、「情感」為主題，男團七人各自代表一個色號，對應不同的秋日典型飲品。

用飲品的名字命名，一來方便記憶，二來讓口紅的產品形象更立體可感。

廣告的核心內容就是在溫暖的秋日與七位少年邂逅，發生七幕浪漫場景，融合戀愛元素，觸動少女心從而刺激消費者的購買欲。

爆肝了四天，週五晚上江蓁熬了個夜，第二天睡到下午才醒。

醒來又是再改提案、摳細節和開不完的視訊會議。等合上電腦外頭天都黑了，她才想起今天還沒吃飯。

換了衣服，把頭髮挽成清爽的馬尾，江蓁收拾東西出門覓食。

走出巷子，附近有條商店街，熱鬧非凡，遍布各色小吃，整條街飄著香味。

江蓁挑了家名字叫「老渝小麵」的店進門坐下，和老闆要了碗紅油抄手。

也許任何地方的特色小吃，一半好吃在食物本身，另一半是沾染了當地的獨特氣息。離了這地方，在別處吃，總覺得沒那個味，不夠正宗。

眼前這碗抄手淋滿辣椒油，飄著鮮香，江蓁舀了一顆送進嘴裡，味道不難吃，但她就是覺得哪裡不對。

比起「紅油抄手」，它更應該叫作「加了兩勺辣醬的薺菜鮮肉餛飩」。

申城的人愛吃甜，連辣椒醬都泛著甜味，不夠麻不夠辣，不是她想要的味道。

突然沒了食欲，江蓁硬逼著自己多吃兩口飽腹。和老闆結完帳，她走出小店。

夜晚六七點，申城的街道車水馬龍，城市燈光如銀河打碎。人站在街口，在鋼筋水泥築成的世界裡渺小如螻蟻。

這樣的時刻很容易感到孤獨。

江蓁不算是個戀家的人，不知道怎麼這時犯起矯情來了。

想家了，想那個總是霧濛濛的城市。

想曾經習以為常，現在卻無處可尋的一切。

沒傾訴對像，沒發洩方式，成年人的情緒全靠自己消化釋解。

江蓁伸了個懶腰，戴上耳機慢悠悠地散步回去。

這兩天忙得腳不沾地，現在能這麼隨心所欲地消磨一下時光是很難得的放鬆。

她一邊走一邊拿出手機打了個電話給家裡。

電話接通，她問：「在幹嘛？」

那頭的背景音熱鬧嘈雜，她媽扯著嗓子喊：『在打麻將，乖乖，等等再和妳說啊，媽媽先打完這把。』

不等江蓁再說什麼電話就被掛斷了。

聽著一陣忙音，江蓁哭笑不得地收了手機，想著等忙完這陣子回家一趟吧，離年末也不遠了。

週一下午兩點五十，一切準備就緒，江蓁最後在腦袋裡過了一遍展示內容。

三點準，陶婷走進會議室坐在主位上，掃視了一圈，開口道：「準備好了就開始吧，誰先來？」

江蓁和宋青青對視一眼，笑著起身：「我們先吧。」

宋青青回以一笑，做了個請的手勢。

劉軒睿將印好的資料分發給每個人，江蓁走到展示螢幕前，清了清嗓子，正式開始彙報。

陶婷講究效率，開會的時候不聽廢話，只聽核心內容。所以資料上已經寫明的背景分析、產品定位等內容江蓁只簡單帶過，把重點放在推廣提案上。

「選擇 Kseven，一是他們的主要粉絲群體與我們的目標客戶有極大重疊，二來，我們希望在廣告中讓女孩們得到更多代入感，而不只是單純的在介紹產品。」江蓁控制好語速，從容而自信地娓娓道來。

螢幕上呈現一段概念影片，第一幕，初秋暑氣未散，籃球場上男孩揮汗如雨，一個漂亮的投籃後，他擦著汗走向一旁休息，書包旁不知何時多了杯葡萄柚水。

第二幕，清晨陽光燦爛，推開窗戶，少年站在樓下溫暖地笑著，手裡握著一杯冒著熱氣的甜橙汁。

第三幕，午後的咖啡館裡，抒情歌輕輕唱著，桌上擺著兩杯烏龍蜜桃茶和起司蛋糕。少年緊張得手心全是汗，但眼睛不受控制，總是偷偷望向對面。

第四幕，少年坐在長椅上，手中捧著一本詩集。一片紅楓落下，畫面隨著落葉定格在紙上的一句情話。

第五幕，烏雲密布，似有雨要落下。花店門口，男孩躊躇不決，幾朵被遺棄的玫瑰低著頭，花瓣乾枯，溫柔而孤獨。

第六幕，楓葉漫天遍地，男孩坐在街口，發呆似地看著來往路人。日與夜短暫相遇，陽光淹沒在雲層裡，黑夜籠罩，華燈初上，手邊的咖啡變得冰涼苦澀，他終於起身離開。

第七幕，又是一年深秋，男孩褪去青澀，變得成熟穩重。他穿著棕色大衣，懷裡捧著一束花，赴一場遲到多年的約。熱可可香味馥鬱，甜蜜融於苦澀，時光綿長，遺憾釋懷在秋風裡。

七幕場景，組成一段有遺憾卻最終圓滿的故事。

正式廣告中，女主角會部分出鏡，以下半張臉的特寫為主。

「這就是我們組的想法，感謝各位聆聽。」江蓁鞠躬致謝，回到自己的座位上。

掌聲響起，無可否認，這是一次很出色的展示。

坐下後，江蓁偷偷瞥了陶婷一眼，對方的表情沒有什麼變化，手捂著嘴似乎是在思考。

接下來輪到B組展示，A組的表現為他們帶來不小壓力。其他組員面露擔憂，但組長宋青青仍舊保持著得體的微笑，不慌不忙地開始解說。

B組挑選的代言人是最近因為一段採訪在網路上引起關注的女演員虞央。

虞央十八歲出道，第一部戲就擔任知名導演的女主角，後又接連拿下兩個新人獎。年少成名，一夜爆紅，她的星途坦蕩閃耀。但在日新月異的娛樂圈，花無百日紅，神壇之上擁擠喧嚷，有人一朝登頂，有人在無聲中被人遺忘。

三十歲的虞央不再年輕，當初一眼萬年驚豔眾人，被各個劇組爭著搶著要，如今她不過是花叢中的一朵，努力維持美麗的形象待人挑選。

面對鏡頭虞央淡淡笑著：「為什麼男人的三十是收穫的標誌，女人卻是失去？三十歲生日那天，我看了看媒體關於我的報導，似乎每一個都在替我擔心。因為我還單身，因為我還沒有結婚，因為我已經連續兩部戲沒有演女主角了。我很奇怪，這又怎麼樣呢？我三十了，沒錯，但我更自信、更漂亮、更成熟，面對選擇時更灑脫，我比從前更加瞭解自己、愛自己。我也在收穫呀，得不到的失去的那些，我也慢慢釋懷了。不用替我擔心、替我著急，我享受每一個年齡下的人生。」

採訪中的虞央化著淡妝，溫柔漂亮，一番話打動了許多人，當天「虞央三十歲」的關鍵字還登上了社群搜尋榜首。

B組的想法圍繞虞央的個人經歷，以「三十而麗」為關鍵字，聚焦女性成長與蛻變。聽起來，這是一個很不錯的提案，能引起共鳴，又提高了產品的立意。

但弊端也很明顯，虞央方能不能同意合作暫且不論，「三十而麗」這句標語打出來，受眾客戶的範圍就窄了。這個提案有利於輿論推廣，但在產品銷售上欠缺可行性。

江蓁能一下子看出來，陶婷也必然。

兩組展示完畢，大家心裡都有了底。會議室裡的氣氛瞬間緊張起來，所有人安靜地等著陶婷發話。

江蓁坐得挺拔，嘴角掛著從容的淺笑。

她花了這麼多天鉚足全力準備的提案，她有信心和把握。

「兩組都辛苦了。」陶婷合上手中的本子，抬起頭來。

她依舊是不苟言笑的樣子，語氣嚴肅：「但是我都不夠滿意。」

江蓁垂下視線，在心裡安慰自己，她向來嚴苛，初步提案不滿意是正常的。

陶婷頓了頓，接著說：「兩組裡，B組更好，就按B組的提案著手進行。」

第三杯調酒

和上次一樣，陶婷回辦公室的時候沒關門，知道江蓁要來。

「坐。」陶婷掀眼看了她一眼，端起手邊的咖啡。

江蓁坐下，手放在膝蓋上看著陶婷，沒先開口。

陶婷放下杯子，問她：「想知道為什麼？」

江蓁點頭：「對。」

茜雀主打的用戶是年輕女孩，她們能從虞央身上得到的共鳴有限，銷售額的上升空間不大。

但如果利用好 Kseven 的粉絲群體，她們抱著支持偶像的態度，就算原先不是茜雀的用戶也會嘗試購買使用。這些潛在客戶就是促使銷量突破新高的關鍵。

何況江蓁剛剛也表明了，Kseven 的合作態度是樂觀的，只要他們確定下來，提案可以立刻開始執行。

從各方面因素考慮，都應該選 A 組才對。

陶婷宣布完結果就散會了，江蓁現在來討個理由，否則她不會甘心。

半晌，陶婷才慢悠悠地開口：「宋青青她們這個提案，馬馬虎虎，還有得改。」

江蓁皺起眉，不解：「那為什麼不選 Kseven 呢？市場預估妳也看了，如果由 Kseven 代言，銷量不用擔心，臻麗榜單我們也穩了。」

陶婷看著她，微瞇起眼：「憑什麼，就憑讓七個小男生對著鏡頭耍耍帥？」

江蓁深吸一口氣，她算是聽出來了，這刻板女人原來是瞧不上人家小愛豆。她收回要往外發洩的情緒，言簡意賅一句話：「但事實就是如此，Kseven 的帶貨能力比虞央強。」

陶婷淺淺勾了勾嘴角，語氣卻冷了幾度：「江蓁，妳可以理解為我有偏見。」她換了個姿勢，上身前傾，拉近兩人的距離：「我知道現在有很多彩妝護膚品牌找了一堆男人代言，反響效果還挺好。但在茜雀，在我這裡，這件事想都別想。尤其是這套口紅，妳的提案被市場選擇，但不被產品選擇。」

江蓁微張著嘴，無奈得有些想笑：「都二〇二〇年了，男人也有用化妝品的啊，為什麼不行？」

陶婷只問：「妳來茜雀之前，是在博雅工作的？」

江蓁頓了頓，點頭：「對。」

「那好，我問妳，如果男明星都來代言口紅、代言眼影了，那麼女明星們呢？」陶婷向後傾，靠在椅背上，笑得有些譏諷，「博雅找代言人的時候會考慮女明星嗎？畢竟括鬍刀也能用來刮刮腿毛呢。」

江蓁張了張嘴，像被人掐住了脖子，發不出聲音反駁。

辦公室裡沉默了一下，陶婷啟唇問江蓁：「想提案之前，有再去看過產品創意嗎？」

看她眼神閃爍的樣子，陶婷心裡也清楚了：「我要妳寫的是新品企劃，妳呢？自作聰明、本末倒置。」

陶婷頓了頓，哼笑一聲：「江蓁，ambitious, but not anxious.」

言語是鋒利的刀子，江蓁被一刀一刀刺得有些茫然。

從進門開始，她盡力維持冷靜克制的表像，不想表現得氣急敗壞，讓人看了笑話。而現在面對陶婷不留情面的指責，她什麼話都說不出來，只想快點逃離，太難堪了。

掌心被指尖掐出一排月牙印，鬆開時泛起刺痛。江蓁微微鞠了一躬，轉身走出辦公室。

見她出來了，組員們都圍了過來。

「蓁姐，主管怎麼說的？」

「是啊，為什麼不選我們的？」

「我看就是想把升職機會給宋青青吧。」

劉軒睿說完這話，被于冰瞪了一眼。

江蓁這時沒心情說這些，她讓其他人都回去工作，只把于冰留下，兩人去了樓梯間。

她沉著臉色問于冰：「這套口紅原來是打算什麼時候上線的？」

于冰回答：「今年上半年啊，因為疫情耽擱了，後來也沒適合的時間。要不是原定的眼影和煥言撞了，也不會選這套頂上。」

「紀念 Carol 那套？」

于冰點頭：「對。」

——「Ambitious, but not anxious.」

江蓁知道陶婷為什麼這麼說了。

Carol是茜雀第一位女高層，在茜雀工作了近四十年，幾乎將一生都奉獻於此。去年Carol退休，為了表達紀念，以她為創作靈感設計了這七支口紅，原定於今年年初Carol生日時發行。所以相較於茜雀的其他產品，這個系列的主打受眾是職場女性，而不是二十歲出頭的年輕女孩。

「自信、獨立、堅定」，是這套口紅的三個關鍵字，也彰顯出由Carol為代表的職業女性魅力。

宋青青的提案與產品理念不謀而合，所以陶婷說，市場也許會選擇Kseven，而產品選擇虞央。

江蓁懊悔地閉了閉眼睛，用手捂住臉，疲憊地呼出一口氣。

陶婷出的題很簡單，是她沒看清題幹就慌慌張張開始寫計算步驟，導致完全偏離方向，得了個鮮紅的大叉。

——「把產品賣出去、賣得好，是推銷；說明消費者找到適合自己的產品，讓產品更好地被瞭解，才是行銷。」

這是當初面試時，她自己說的話。

江蓁扶著樓梯扶手勉強站穩，整個人彷彿置身寒冰之中，涼意侵占四肢，耳邊嗡嗡作響，剛剛發生的一切像走馬燈一樣飛速在腦海中閃過。
初心這詞被用爛了，但人這輩子總要有堅守的東西。
可她都幹了什麼？
沒瞭解清楚產品的最初立意，一門心思都在銷量上，甚至還理直氣壯地和陶婷談市場。
別說陶婷想不想罵她，江蓁這時都恨不得拍死自己。
越是拚命想證明自己活得很好，現實卻越糟糕。
她沒能煥然新生，甚至連原本擅長的事都做不好了。
于冰看江蓁臉色不對，主動離開，留點個人空間讓她調節情緒。
江蓁在樓梯間待了二十分鐘，沒哭，就發了一下呆，亂七八糟什麼都想了想。
她覺得洩氣、疲憊，但不會哭，本身就不是個愛掉眼淚的人，何況自己犯了錯，哭有什麼用。
胸口堵著一團東西，壓得難受，她只能不停地深呼吸，喘氣再吐氣。
等覺得好一些了，江蓁站起身，動了動發麻的腿。
她去洗手間洗了把臉，補了補妝，再若無其事地回到座位，像往常一樣等下班。
劉軒睿湊過來問她沒事吧，江蓁回以微笑：「沒事。」
她在群組裡傳了一則訊息，先表示這次的提案是她帶著大家走錯了方向，她承擔主要責任，再鼓勵大家不要灰心，回去都好好反思一下，明天針對提案的問題開個會。

六點下班時間到，宋青青她們組還在忙，看起來是要加班了。

A組人收拾好了東西，卻沒一個敢起身。

江蓁看大家面面相覷的樣子，笑了笑：「怎麼啦？平時下班不是很積極的嘛？」

有個女生嘀咕了一句：「我現在還真希望能留下來加班。」

江蓁的笑僵了下，她往會議室裡看了一眼，安慰組員也是安慰自己：「來日方長，還有的是機會，這次是我們技不如人。」

末了，她又自嘲道：「看來給我們點壓力和危機感確實是有必要的。」

見大家還是不動，江蓁誇張地揮動手臂：「走吧，下班吧，下個禮拜就放連假了，都開心點！」

在組員面前保持積極樂觀，一出公司大樓她就原形畢露了。

江蓁塌著肩走在路上，不想擠地鐵，咬牙叫了輛計程車。

看著計價表上飛速上漲的數字，她拍拍自己安慰道：就當破財消災，破財消災。

現實殘酷無情，但她有她的避世桃源。

劉以鬯在《酒徒》裡寫：「酒不是好東西，但不能不喝。不喝酒，現實會像一百個醜陋的老嫗終日喋喋不休。」

江蓁從未覺得屋簷上的鈴鐺響有這麼美妙，簡直如聽仙樂耳暫明。

她推開木門進屋，走到吧檯，拉開椅子坐下。

調酒師陳卓今天左耳戴了個耳釘，像日劇裡叛逆不羈的校霸，又痞又帥。

他看見江蓁，揮手打了個招呼，問：「姐，來喝酒？」

江蓁點點頭：「今天心情不好，來杯度數高點的。」

陳卓聽到這話打了個響指：「好，就愛聽這話。保證妳忘憂消愁，什麼煩惱都想不起來！」

江蓁挑了下眉：「那我拭目以待。」

還沒吃晚飯，江蓁又點了份「主廚今日心情指數」。

陳卓幫江蓁調的酒是他原創的，花裡胡俏一堆操作，江蓁一開始還能看個大概，很快就不知道他都往酒裡加了什麼。

幾分鐘後，高腳酒杯被推至江蓁面前。

杯子裡盛著紫紅色液體，像紅酒，但顏色更清透，底部沉著幾顆飽滿的紅石榴。

陳卓勾著嘴角，眼眸在燈光下亮閃閃的，他指指酒杯，說：「嘗嘗。」

江蓁抬起酒杯淺抿一口，口紅印了一圈在杯口，讓這杯酒莫名添了幾分風情。

看起來像果酒，但入口酒精味很重，辣得江蓁皺起臉。等那陣刺激勁過了，又能嘗到一絲甜味。

口感順滑，能聞到水果的清香，烈和甜都掌控的剛好，多一分嗆口，少一分又不夠勁。

江蓁又喝了一口，問陳卓：「這杯叫什麼？」

陳卓咧著嘴笑：「不知道，第一次做的。」

江蓁「呵」了一聲：「敢情我是實驗品？」

陳卓喜歡創新，喜歡發明，菜單上的酒除了經典的長島冰茶、瑪格麗特等等，很多都是他原創的。一些時令的原料過季後，他會不斷更新菜單，這也是 At Will 常客多的一個原因——無論喝酒吃飯，這家店永遠能帶給你意想不到的驚喜。

「這杯酒送給妳，今天不開心，希望美女姐姐妳明天開心。」陳卓說完就轉身走了，晚上客人多，他還有得忙。

江蓁用手指撫摸著杯沿，低頭彎唇笑了。

這種男孩子，沒女生能抵擋。

早個十年八年，兩杯酒換一顆少女心綽綽有餘。

但在她現在這個年齡，心動就純屬玄學了。

她小口小口嘗著酒，不知道是累了還是酒意上頭，江蓁覺得腦袋越來越沉，暈暈的，又不是想睡覺的那種睏。

很快菜也上齊了。趕巧了，江蓁今天心情欠佳，主廚看來也過得不是很開心。

今日的「心情指數」是一碗樸素家常的餛飩，清湯，薺菜鮮肉餡的，上面撒了紫菜和蝦米。

江蓁嗜辣口味重，嘗了一個覺得太淡，叫了服務生拿辣椒醬給她。

一碟辣椒醬被端上來時，杯子裡的酒已經見底。

江蓁撐著下巴，雙頰浮上紅暈，還行，她還能平穩地夾起一顆餛飩蘸了醬往嘴裡送。

「嘖。」舌尖剛碰到味，江蓁就嫌棄地皺起了眉。

這叫辣醬？甜蜜蜜的，屁點辣味都沒有。

她吐出口氣，揮揮手，叫來服務生：「你們這裡，就沒有辣——一點的辣醬嗎？」

服務生回她：「好，我幫妳去後廚問問啊！」

At Will 的主廚大人今天不怎麼開心。

家裡的狗狗生病了，最近食欲不振，喘氣聲有點重，今天下午被他送去醫院檢查，醫生說是肺炎。本來就挺乖的一個小傢伙，現在病懨懨的沒精神，看起來挺讓人心疼。

土豆[1]被他留在醫院裡治療，季恆秋走的時候，牠趴在墊子上，可憐兮兮地望著他。

狗最通人情，那一雙烏黑的眼睛太揪人心了。

季恆秋差點就想和醫生說要不然還是帶回家吧，他明天再送過來。

剛剛護士傳了段土豆吃東西的影片給他，季恆秋看完，回了句：『謝謝，辛苦了。』

後廚的垂布被人掀開，楊帆探個頭進來問：「秋哥，客人嫌我們的辣醬不夠辣，還有別

1 中國大陸用語中，「土豆」指的是馬鈴薯，本文除寵物名外，其餘處皆修正為台灣用法。

的嗎？」

季恆秋收了手機放進口袋裡，起身走到架子前，上面擺著滿滿兩層瓶瓶罐罐的醬料。

他隨口問：「誰啊？」

楊帆進來，走到他旁邊：「一位美女呢，來過兩次了。大概是川渝那裡的人，能吃辣。」

季恆秋點點頭，從最裡面拿了瓶醬，用圍裙擦了擦瓶身，遞給楊帆：「這瓶。」

「欸。」楊帆接過，剛打開蓋子一股辛辣味就竄了出來，直衝鼻腔。

「謔。」他捂著鼻子偏過頭去猛咳嗽兩聲，「這魔鬼辣椒啊？這麼嗆。」

季恆秋微不可見地翹了翹嘴角：「給她吧。」

楊帆舀了兩大勺醬，他一路端著調料碟都被嗆出了眼淚。

那瓶醬是特製的，用的不是魔鬼辣椒，但也比市面上大多數的辣椒更辣。季恆秋做飯很少會用到，偶爾做川菜也只加那麼一點調味。

但凡有川渝的客人來要辣醬，季恆秋都會拿這一瓶給人家嘗。

嚷嚷自己能吃辣，仗著是川渝人嫌不夠辣的，挑釁說要變態辣的，就拿這個治，保證服服帖帖。

以前程澤凱還替這瓶醬取了個沒品的諢名，叫「菊花殘」。

這本純粹是個下馬威，拿筷子沾一點嘗嘗就知道厲害了，沒什麼人想不開真敢挑戰。

但是季恆秋沒料到，外面那個是表面穩如泰山，實際早已神智不清的女酒鬼。

一分鐘後，他聽到大堂裡楊帆撕心裂肺的求助聲：「秋哥，救命！你快來啊！」

季恆秋聞聲立刻關火扔了鍋鏟，邊走邊解下圍裙，三步併作兩步匆匆趕到大堂。

楊帆站在吧檯邊，兩隻手猶猶豫豫頓在半空，想伸上去又不敢碰。

「秋哥，我……這……」看見季恆秋來了，楊帆趕緊往旁邊讓了一步。

眼前的畫面簡直可以用慘烈形容。

空酒杯倒在桌上，餛飩湯汁和醬料混合滴得到處都是。坐著的女人彎著腰縮成一團，正捂著胸口猛烈地咳嗽，一張臉脹得通紅，彷彿下一秒就會喘不過氣。

季恆秋上前一步，踢掉腳邊的勺子，上面還殘留著少許鮮紅色辣醬。

他偏頭問楊帆：「怎麼回事？」

楊帆抬手擦了擦汗：「一整勺醬直接往嘴裡塞，我攔都攔不住。」

季恆秋倒吸一口氣，手叉著腰剜了楊帆一眼，等回頭再收拾他。

這裡的動靜惹得其他客人把視線投過來，季恆秋側身擋了擋，握住女人的手臂放到自己肩上，輕而易舉把她整個人拎起，腰夾在手臂下。

他腳步邁得大，半拖半抱把人帶到後廚。

看見楊帆傻愣愣地跟過來，季恆秋皺著眉吼了一聲：「去收拾桌子！」

楊帆被他凶得哆嗦一下：「欸欸，好。」

「啪」一聲，水槽的水龍頭被打開。

季恆秋扯著江蓁的手臂讓她彎下身子，一隻手把她的長髮挽到一處，一隻手掐住她的下巴，用大拇指掰開唇齒，把她的臉送到水流下沖洗。

是真的醉了，除了剛開始不適地嚶嚀一聲，都不反抗，乖乖任由冰冷的水流在臉頰和唇上急速流過。

季恆秋的動作稱不上溫柔，甚至有些簡單粗暴，這幅畫面也挺詭異。

辣是痛和熱的混合感覺，水沖刷在皮膚上是最簡單的降溫緩痛方法。

等過了半分鐘，見她臉上的紅潮消下去一些，呼吸也漸漸平穩，季恆秋冷著聲音問：「好點了沒？」

隱隱約約聽到她哼唧了聲。

季恆秋關了水龍頭，把人向上提了下，讓她直起身子面對自己，又隨手抽了張廚房用紙胡亂在她臉上一抹。

他想說句什麼，但話到一半就停住了。

大概是涼水沖過後，人也清醒了些。

江蓁睜著一雙眼睛抬頭望向他，碎髮和襯衫領口都被打濕緊貼在皮膚上，睫毛、鼻尖、下顎還掛著水珠，口紅被抹開，暈染在微腫的唇周。

季恆秋這麼一個不文藝的人，突然想到了一個很矯情的詞——破碎感。

她的五官屬於很典型的美人樣貌，眉眼含風情，鼻尖一顆痣，像九十年代末港片裡的女明星。

眼尾泛著紅，像受了委屈，但神情又是有些冷漠疏離的。

是哭了嗎？眼尾的是水珠還是眼淚。

這一眼，白瓷破碎、美玉擊石。

有什麼東西砸在季恆秋心上，叮鈴噹啷碎了一地。

他突然什麼話都說不出來了。

江蓁張了張嘴，似乎要說什麼。

囁嚅兩個音節，季恆秋沒聽清楚，下意識地往前湊了湊。

他沒想到，女酒鬼會突然伸手捏住他的耳垂用力扯了他一把。

力氣還不小，季恆秋往前踉蹌一步差點沒站穩。

「我說——」

她的氣息噴灑在耳周，酥酥癢癢的，季恆秋被迫彎著腰，生理反應使耳朵立刻紅了一圈。

「你們申城的抄手，好——難——吃——啊——」

江蓁說完就鬆手了，兩隻手貼在身側，站得又乖又直。

季恆秋重新直起身，扶額認命地嘆了聲氣，想了想又無奈地笑了。

人看起來挺正常，但說的是什麼亂七八糟的話？

也不能跟酒鬼計較什麼，季恆秋轉身從冰箱裡拿了一瓶冰水遞給她。

江蓁懶懶掀起眼皮，沒接，說：「我想喝可樂。」

季恆秋重新拿了瓶可樂。

「謝謝。」江蓁接過，打開蓋子喝了一大口，還饜足地發出一個氣聲。喝完她蓋緊瓶蓋，抬步要出去，邊走邊說：「老闆結帳。」

季恆秋是真迷惑了，這到底有沒有醉啊？

有人喝醉發瘋，有人喝醉睡覺，怎麼還有人喝醉傻成這樣的？

他跟著江蓁出去，大堂裡楊帆已經收拾好桌子了，看見兩人出來了趕緊跑過來。

江蓁看起來和來時沒什麼差別，除了妝容花了、頭髮亂了，整個人走得很平穩，說話也很清晰。

季恆秋抱著手臂看她順順利利結完帳付完錢，要推門離開時，他踹了楊帆一腳：「去跟著看看。」

「欸，好。」得到指令，楊帆趕緊跟上去了。

第一眼季恆秋就認出來了，這是剛搬到樓下那個，滑社群瞟過她照片一眼，樓梯間也短暫打過一次照面。

楊帆很快回來，一臉驚喜地說：「秋哥，那美女姐姐好像就住附近，我看著她上了樓的。」

季恆秋「嗯」了聲。

店裡這時沒多少客人了，季恆秋坐在吧檯邊，他平時待在後廚不怎麼出來，突然往這裡一坐其他店員還挺不自在，不知道他打算幹什麼。

季恆秋是這家酒館名義上的老闆，但一直把自己放在員工層面上。大大小小的瑣事程澤凱管，他每天晚上六點到十二點就待在後廚做飯，做什麼隨自己心情。

大多數客人不知道，這家店的真正主人其實是那位神祕且隨性的主廚。

平時不把自己當老闆看，但店裡出了問題，季恆秋該管的還是要管，何況這兩天程澤凱不在家。

等最後一桌客人也走了，季恆秋單獨把陳卓和楊帆叫過來，老闆請喝茶。

他坐著，也沒讓兩個人站著。周明磊見狀也想過來，季恆秋揮揮手，讓他別摻和。

江蓁不是二十出頭的小女生，人家能一個人來喝酒，就是知道自己的酒量在哪，有分寸。那勺辣醬放嘴裡她立刻吐出來了，不然一不當心咽進去，燒著胃，這時候大概就在醫院掛號了。

也好在她住附近，酒品……還過得去，否則今天有得鬧。

季恆秋抬起杯子喝了口茶，先問陳卓：「酒你調的？」

這話是明知故問，店裡就這一個調酒師。

陳卓「啊」了聲，在季恆秋開口之前搶先說到：「哥，是她張口就要烈的，我這杯度數真的不算高了。」

季恆秋隨手拿起桌上的紙巾砸過去，質疑道：「不高能把辣醬當飯灌？」

陳卓最擅長的就是頂嘴：「萬一人家就喜歡吃呢。」

季恆秋嘖了一聲，臉色沉了下去：「我有沒有說過這種酒別隨便調，尤其是給女孩子。」

陳卓撇了撇嘴，小聲表達不滿：「都成年人了。我是調酒的又不是她爸媽。」

這話換回季恆秋一個眼刀，本身就是一個糙男人，說話也直接：「人家喝酒是為了尋歡還是尋死？你今天這杯大老爺們都不一定受得了。」

陳卓還想再頂兩句，一抬頭撞上周明磊的眼神，立刻噤聲不敢了，他摸摸鼻子，軟了態度誠懇認錯：「知道了，我真的不是故意的。」

像陳卓今天調的這杯，有個統稱叫「斷片酒」。看起來普普通通，剛喝感覺不出什麼，但一旦後勁上來，意識就飛到外太空去了。

這種欺騙性的特調酒，最經典的比如長島冰茶，人畜無害的外表下暗藏一顆狂野的心，入口酸酸甜甜，感覺就是一杯帶著酒味的檸檬可樂。整杯下去，天暈地眩，睜眼就是明早的太陽，而中間幹了什麼那要看個人造化了。

這種酒的名字取得也壞，「長島冰茶」不是茶，反而混了五種烈酒。酒吧裡拿這種酒騙年輕女孩的髒事很多，At Will 不是酒吧，但也賣酒。

不是沒遇過有男的帶女孩來約會，上菜前偷偷到吧檯讓調酒師往酒裡加料。

這種事不少，但在他們的地方上，能管的就該管。

季恆秋早就和陳卓說過，烈酒不能隨便調，尤其是給年輕女孩。

再者，At Will 一向是主張酒至微醺忘憂即可，不提倡醉到不省人事。

今天這事算不上陳卓的錯，畢竟人家要烈的，那杯酒混了蘭姆、伏特加和龍舌蘭，紅石榴糖漿和氣泡酒緩衝了酒精的刺激，但保守預估也有四十度。

人家一個人來，又是個漂亮女生，真的醉了倒在路邊被人撿屍，就算責任不在他們身上，良心也說不過去。

陳卓雖然不認可季恆秋這種「結果最糟糕化」的思想，但仔細想想還是後怕，他挺喜歡那美女姐姐的。

他也確實不是故意的，在酒館工作，撐死了一杯酒二十度。陳卓早兩年在酒吧混過，喜歡調花裡胡俏又後勁足的，今天好不容易逮著機會一展身手。

陳卓討好地朝季恆秋笑笑，誇張了語氣說：「哥，別罵我了，罵得我都想金盆洗手了。」

旁邊的楊帆忍不住撲哧一聲笑了出來。

季恆秋把目光冷冷移向他，楊帆立刻放平嘴角低頭作懺悔狀。瞧把孩子嚇的。

他沒什麼好說的，小孩做事俐落又聽話，就是人太木了。

「楊帆。」季恆秋抬手在他腦袋上呼嚕了一把，「做事機靈點。」

說完就沒了，起身走了。

身後陳卓瞪著眼睛，反覆確認：「就這？就這？這就沒了？」

周明磊走過來，扶了扶眼鏡，揪著陳卓衣服帽子把人提走。

秋哥教育完了，還有親哥呢。

陳卓比周明磊矮半個頭，人又瘦，被這麼提著跟隻小猴子一樣。

他掙扎著揮動手臂：「不公平！怎麼只罵我啊！你們偏心！小石頭你也不愛我了嗎！」

周明磊一巴掌打他屁股上，讓他安分點。

這名字是真的沒取好，應該叫陳猴。

季恆秋回了後廚收拾桌子，口袋裡的手機響了一聲，是程澤凱傳來的訊息。

程澤凱：『聽說季老闆訓人了？』

季恆秋挑了下眉，打小報告的速度夠快的。

季恆秋：『不行啊。』

程澤凱：『哈哈哈，行行行。沒出什麼事吧？』

季恆秋：『沒。什麼時候回來？』

程澤凱：『後天就回，難得來一趟，帶夏兒多玩了兩天。』

對方傳來一張照片，燈光昏暗，熟睡的小朋友裹在被子裡，露出一張肉乎乎的圓臉。

程澤凱：『今天帶他在紫禁城遛了一圈，一回來就睡了。』

季恆秋的骨相冷峭，單眼皮，嘴唇薄，不笑的時候顯得不好相處。

這時看著圖上的小傢伙，他鬆弛了眉眼，嘴角染上笑意，整個人是柔和的。

季恆秋：『秋叔也會做糖葫蘆，趕緊回來吧。』

退出聊天，季恆秋隨手滑了一下好友動態。

程澤凱剛上傳了照片，九張圖，不是景色就是程夏，小朋友很上鏡，還挺會擺pose。

他點了個讚，繼續往下滑，發現備註為「二〇一房客」的某女酒鬼在半小時前還上傳貼文——『申城的炒熟真他媽難吃！怪不得叫美式荒漠！』

兩句話三個錯別字，季恆秋艱難地讀懂，冷哼了一聲，又陡然想起她捏著自己耳垂在耳邊說的那句話。

耳朵泛起一陣怪異的癢，季恆秋抬手揉了揉。

出於某種說不清的心態，他動動手指，幫這則動態點了個讚。

江蓁是被一陣尿意憋醒的。

憑著本能翻身下床，摸索到廁所解決完後，她長吁一口氣，終於舒服了。

半夢半醒之間她意識到昨晚宿醉，腦袋昏昏沉沉的，像是被什麼東西箍住，脹得疼。

洗手時，江蓁習慣性地抬眼瞟了鏡子一眼。

打到一半的哈欠定格住，江蓁對著鏡子裡的人盯了足足有一分鐘，才確定那是她本人而不是哪來的野鬼。

襯衫皺巴巴，頭髮亂如雜草，眼袋沉到下巴，臉腫得比平時大了一圈，更可怕的是——她發現她昨天沒卸妝。

「靠啊——」

恐怖的現實讓江蓁瞬間清醒，每個細胞都拉響警報。她齜著牙，火速從櫃子上找出化妝棉和卸妝水往臉上招呼。心理作用使然，她覺得那些化妝品的毒素已經侵蝕皮膚進入血液，她的臉即將潰爛不堪。

慌慌張張把妝卸了，江蓁掬了兩捧清水將臉上殘留的卸妝水沖洗乾淨。

身上的酒味並不濃，但這時候她怎麼看自己怎麼嫌棄，趕緊脫衣開始洗頭洗澡。

等二十分鐘後她從浴室出來，才覺得自己恢復點人樣。

狠心拆了一片前男友面膜急救一下被殘害一夜的肌膚，江蓁癱在沙發上打開手機。

這時不過清晨六點，天都沒完全亮，大部分的人還在睡夢中。

檢查聊天列表一遍，還好，沒有發表過失言論。

看到動態的通知欄有紅點，江蓁點進去。

她瞇著眼睛，從沙發上坐起，把手機拿近了看。

別說別人，江蓁自己也是讀了兩遍才明白這句話是什麼意思。

——申城的抄手真他媽難吃，怪不得叫美食荒漠。

嘖，看來確實是不好吃，喝糊塗了還念念不忘這事。

萬幸的是，出於社畜的自我修養，昨天在極度混亂的狀態下，她居然還能憑藉肌肉記憶順手設定分組，把同事和主管遮蔽了，不至於造成嚴重的社會性死亡。

這種沒頭腦的純文字動態，一般人瞟一眼就過去了。

就一個人點了讚，居然是她那新房東。

趁著沒更多人看到之前，江蓁默默把這篇醉酒證據刪除。

她活動活動脖子，檢查一下手臂和腿，還行，沒有哪裡傷了。

昨天那杯酒越喝越上癮，中間有段時間江蓁覺得自己肉體還在地球上，靈魂已經飄到月球。除了那段記憶模糊，她清楚記得自己在酒館結完了帳，回家後倒在床上，沒幾分鐘腦袋越來越沉，眼睛一閉就睡了過去。

整個人放鬆下來，渾身疲憊無力。到底是上了年紀不如從前，宿醉跟歷劫一樣。

不敢喝咖啡，江蓁小口小口喝著熱水，不知道為什麼，總覺得喉嚨乾澀發痛。

她咳嗽兩聲，清清嗓子試圖發聲，艱難地撕扯出兩個氣音，沙啞得像是混了顆粒。江蓁被自己這難聽的聲音嚇到，皺起眉一臉疑惑。

怎麼回事？嗓子啞了？上火也不至於這樣啊。

江蓁歪著頭仔細回憶，某些碎片在她腦內一晃而過。

哦——她記起來了。

當時她想用勺子舀餛飩蘸辣醬，但到嘴的時候發現餛飩不見了，吞了一大口醬。

——沒有任何前戲，沾到舌頭痛麻感就竄上味蕾直擊心臟的，辣椒醬。

然後被人跟洗菜一樣按在水槽裡。

頭更疼了，江蓁捂著腦袋絕望地蜷縮成一團。

要麼別讓她醉，要麼就讓她醉到什麼都別想起來。

又讓她丟臉，還讓她清清楚楚回想起怎麼丟臉的。

頂著這破嗓子又不能自欺欺人當作什麼也沒發生。

蒼天啊。

磨蹭到八點半，江蓁換衣服準備出門。

上班還算是一切順利，除了中間好幾次有人來關心她這破鑼嗓，江蓁都用秋天乾燥上火打發過去。

新來的實習生人挺善良，就是太愛想像。

她一臉憐愛地看著江蓁，問：「姐，昨天哭了多久？心裡好受點了嗎？」

江蓁剛想解釋她沒哭，那實習生就從包裡拿出一包龍角散塞她手裡，拍拍她的肩，微笑著點了點頭，滿臉寫著「我懂，我懂」。

江蓁拿著那包龍角散，苦澀又無奈地笑了笑：「謝了。」

這兩天江蓁回家都會走另一條路，想避開酒館。她臉皮薄，嫌丟人，心裡過不去那關。但今晚的司機直接把她放在巷子口了，要到家必然會經過 At Will。

礙於那天的慘烈回憶，下車後江蓁埋頭趕路，一路疾行。高跟鞋踩在水泥地上噠噠響，簡直是腳下生風，健步如飛。

「江蓁？」

「欸！」反射性的應答讓江蓁被迫急剎車。她循聲望去，發現是多日未見的程澤凱。

「你回來了？」

程澤凱朝她笑笑：「啊，昨天剛回來。吃晚飯了嗎？」

江蓁愣了一秒，隨即十分肯定地點點頭：「吃了。」

程澤凱側身用大拇指指著身後的木門：「進來坐坐？」

江蓁瞪著眼睛搖頭拒絕：「不用了，我、我回家還有點事。」

程澤凱說：「那好，妳忙吧，有空來玩。」

江蓁連連點頭：「好的好的。」

程澤凱在原地站了一下，看著江蓁匆匆離去的背影慫了下肩。

他轉身打開木門進了屋裡，越過熱鬧的大堂來到後廚。

季恆秋正在忙，一大鍋牛肉炒飯，鮮香味四溢。

程澤凱抱著手臂靠在流理臺邊，和季恆秋說：「剛剛在外面看見江蓁了。」

季恆秋的注意力都在鍋上，沒聽清楚他說了什麼，抬頭看他一眼，問：「誰？」

程澤凱：「樓下那租客，她好像來過我們店裡幾次，你沒印象嗎？」

季恆秋「哦」了聲，臉上表情沒有任何變化。

程澤凱簡直是恨鐵不成鋼：「真的沒什麼印象？」

季恆秋看著他，一臉疑問：「我能有什麼印象？」

程澤凱嘖了一聲表示不滿：「我特地幫你找的租客，來看房的那麼多人裡，就這個年齡合適還長得漂亮，你就沒多留意兩眼？」

炒成關火，季恆秋拿了三個盤子把飯裝盤，程澤凱的話他全當沒聽到。

程澤凱端起盤子上菜去，走之前他留下一句：「你啊，也別老是悶在後廚，有空多出去玩玩。」

季恆秋擦了擦手，從冰箱裡拿出準備好的山楂和水果，說好要做糖葫蘆給程夏吃，早就準備好了材料，等等做完讓程澤凱帶回家。

下午時就讓裴瀟瀟用木籤串成串了，這種自製的冰糖葫蘆不難做，關鍵看熬糖的火候。季恆秋把白糖和水按比例倒進鍋裡，等糖漿熬至琥珀色的過程中，他走了下神。

他這幾年越發沉悶，不愛說話，情緒沒太大起伏。社交圈和生活範圍也很固定，沒人離開也沒人再進來。他覺得這沒什麼問題，三十三歲的人了，性子穩一點成熟一點是好事。反倒是程澤凱，明明自己也是個大齡單身漢，整天替他著急，怕他再這樣下去孤獨終老，苦口婆心囉哩八嗦的，吵得他耳朵疼。

鍋裡的糖漿冒起小泡，季恆秋拿筷子沾了一點放進冷水裡，見可以迅速凝固，他關了火，把盤子裡的水果串小心裹上糖漿。

這個步驟沒什麼技術含量，裹完一層再放置冷卻，糖葫蘆串就做好了。新鮮水果外包裹著一層晶瑩的糖，酸甜開胃，這種零嘴很討小朋友喜歡。

程澤凱不允許程夏吃糖，怕長蛀牙，季恆秋就偶爾做些這樣的小零食給小孩解饞。

找了兩個餐盒打包糖葫蘆時，季恆秋突然想起江蓁。

剛剛程澤凱問的時候他沒回答，其實他對她印象挺深的。

兩個字概括叫酒鬼，再多個修飾詞，那就是漂亮酒鬼。

儲昊宇掀開垂布進來，遞了張單子給季恆秋：「秋哥，磊哥讓你看看下個禮拜的菜單。」

季恆秋掃了一眼，都是常規的，他把單子還回去，說：「再加三樣，麵粉、豬肉末、蝦仁。」

儲昊宇拿筆在空白處記下，問：「又包餛飩啊？」

季恆秋挑了下眉梢：「不，做抄手。」

第四杯調酒

今年的國慶和中秋撞在同一天，三加七的假期卻變成了四天。正式通知下來，辦公室裡抱怨聲一片。

江蓁倒是無所謂，她在申城沒有什麼朋友，節假日都是一個人過，也只是在家睡覺，放幾天都一樣。

九月三十號那天，大家把手頭的工作處理好等小長假。

B組卻沒這個閒情逸致，聯絡代言人受阻，他們正焦頭爛額。

虞央那邊的態度一直不明朗，有一家老字號護膚品牌靈秀也在找她，經紀團隊大概是在猶豫。

這樣兩邊吊著其實不太厚道，答不答應給個準話，要是不答應也早說，他們好著手接洽下一個，別浪費彼此時間。

靈秀是國民老牌子，旗下的護膚品有百餘年歷史，民國時期在名媛小姐圈裡曾風靡一時。按江蓁的推測，虞央很有可能會選擇靈秀，她本身形象溫婉如玉，走的是親民路線，下部戲又恰好飾演民國姨太太。

新品企劃是整個企劃部的事，B組工作進展不順利，江蓁不可能帶著A組置身事外。

B組在很多事宜上不熟悉，還是要A組幫忙做，另一方面，江蓁也讓組員們留意其他人選。她留給虞央的時間是這個連假，如果還無法確定，來不來他們都不會再考慮。

工作上的事永遠忙不完，好在有個短暫的假期讓他們忙裡偷閒一下。

下班鈴響，走到電梯口時，江蓁被宋青青喊住，「蓁姐，晚上有約嗎？」

江蓁搖搖頭：「沒啊。」

宋青青摘了工作牌塞進包裡，跟著江蓁進電梯：「那和我一起吃飯唄，這幾天沒妳我真的不行。」

江蓁愣了一下，然後笑著點點頭：「好，那走吧。」

原本那天開會過後，江蓁面對宋青青是有些尷尬的。以前大家互不干涉，還能做體面的同事，但現在鬧了這麼一出，兩組的關係就有些微妙了。

江蓁見到宋青青能躲就躲，反倒是宋青青經常主動找她幫忙諮詢些問題。

對方不介意，反倒謙虛地來請教，那江蓁也沒什麼好隔閡，大大方方地和她相處。有時候中午兩人會約一起吃飯，這一個禮拜以來關係反倒走得更近了。

上了車，宋青青問江蓁：「妳有什麼喜歡的餐廳嗎？」

江蓁腦子裡第一個跳出來的是At Will，一個禮拜過去，嗓子已經恢復，但一想起那勺辣醬她就覺得害臊。

她搖搖頭，說：「沒，我對這裡還不太熟悉，妳推薦吧。」

宋青青：「好嘞，那就我挑地方了啊。」

這兩天氣溫回升，好像又回到夏天。白日陽光燦爛，這時入了夜，街上燈火通明，雙節將至，氣氛熱鬧得像過年。

宋青青帶江蓁去的是一家西餐廳，她們挑了一個露天的位子坐下。簡易的小舞臺上有駐唱歌手抱著吉他彈唱，嗓音慵懶低沉。

晚風吹在臉頰上，帶著暑氣的溫熱，很舒服。

菜是宋青青點的，什錦蘑菇披薩、鴨胸橙肉沙拉、牛肉起司焗通心粉，還要了兩杯黑莓威士忌。

宋青青比她小一歲，土生土長的申城人，在英國留學兩年，看談吐和氣質，她的家庭背景應該很不錯。

吃飯的時候免不了要聊起她們所在的這座城市，宋青青嘆了一聲氣，說：「我填志願時，其實不想填申城的大學。我想，要麼去北方，能看見雪，要麼去廣東那，一年四季都能穿裙子。」

江蓁喝了口酒，笑了笑：「我也是，不想留在家裡，但走得不遠，在江城上學。」

宋青青問她：「那妳怎麼來申城工作了？」

「嗯……」江蓁想了一下，聳了聳肩，「因為我喜歡挑戰？」

她進一步解釋：「原先那家公司發展平穩，不需要太創新的行銷策略，模式也很固定，我在那越幹越覺得無聊，就想換工作了。」

宋青青撐著下巴看著她，眼神裡帶著崇拜和欣賞，她說：「我要是主管，就喜歡妳這樣的員工。」

這話讓江蓁微微一笑，心裡暗想：妳確實快成我主管了。

也不是酸，江蓁有野心想晉升，但她不會眼紅別人，機會錯失了她也不會一直耿耿於懷。就像她說的一樣，來日方長，該她的她不會讓。

上個禮拜還把對方當敵人當對手，這時候她們面對面坐著，一起喝喝酒聊聊天，氣氛不同但意外契合，倒成了一對不錯的朋友。

半杯酒下去，她們都不怎麼說話了，安靜地吃東西，聽著慢歌眺望遠處的城市夜景。

申城的漂亮是奢侈的，有人嚮往它，拚了命要留在這裡，也有人厭倦了想逃離它。

江蓁捋了捋被風吹亂的頭髮，閃爍的霓虹燈倒映在眼眸中，像銀河的小小一隅。

這家餐廳的環境很好，欄杆上花枝纏繞，燈光昏暗，氣氛很浪漫，不少情侶在這約會。

但江蓁不喜歡這樣的地方，從她踏入這裡的第一步起，一切都在預料之中，就像手中的這杯酒——無功無過，沒有任何驚喜，因而也掀不起內心的波瀾。

還是那家小酒館好。

等吃完結束已經晚上八點。

宋青青也喝了酒，她們回到停車場時，車旁站了個穿西裝的年輕男人。

江蓁正腹誹現在的代駕怎麼都穿得這麼正式了，就看到那個男人朝宋青青微微俯身，喊了一聲「小姐」。

江蓁停在原地，微張著嘴呆滯住。

宋青青見她站著不動，拽了她一把催她上車。

江蓁坐在車上，也許是酒意上頭，她有些反應不過來。

她指指駕駛座上的男人，壓低聲音問宋青青：「這誰啊？」

宋青青從車載冰箱裡取出一瓶水遞給她，語氣稀鬆如平常：「哦，這我家的司機。」

江蓁接過水，打開蓋子灌了一大口以平復自己的複雜心情。

她知道宋青青家庭條件不錯，但沒想到是家裡能配司機的程度。

本以為大家同是天涯打工人，怎知妳竟是申城名媛大小姐。

收回剛剛的話，她酸了，酸得牙都要掉了。

由儉入奢易，由奢入儉難。說的就是江蓁現在。

明明以前是一個人窩在沙發上喝啤酒，怎麼現在只覺得索然無味。電視機上的頻道一再切換，輪了一圈都沒找到一個有意思的節目。

江蓁放下遙控器，平躺在沙發上，長長地嘆了口氣。

現在是晚上九點，假期的第一天，她無聊得快要發瘋。

生理時鐘讓江蓁第二天早上八點就醒了，想起今天休假，她又闔眼繼續睡。

等再次轉醒已經靠近中午，江蓁起床洗漱，吃了個三明治。

昨天在家無所事事了一天，今天她不想再頹廢，打算幫家裡進行一次大掃除。

做家務在某種程度上也是一種舒壓方式，看著被整理整齊的屋子，心情能變得愉悅些。

全部收拾好已經五點多了，江蓁打包好垃圾，去洗澡洗頭換了身衣服，打算出門找點吃的。

At Will 依舊低調地藏在巷子深處，木門遮住屋裡的熱鬧，分隔出兩個世界。

傍晚時分夕陽斜下，照在皮膚上暖洋洋的。酒館門口有隻黃金獵犬懶懶趴伏著，舒適地瞇著眼，像是在享受這場落日餘暉。

人類對於這類毛茸茸的東西是沒有抵抗力的。

江蓁忍不住放慢了腳步，悄悄走近蹲在牠面前。她刻意側著身子，不遮住陽光。

黃金獵犬感受到有人來了，睜開眼吐著舌頭直起身。

江蓁伸出手摸了摸牠的頭，牠也在她掌心乖巧地蹭了蹭。

黃金獵犬本就溫順，這隻更是不怕人又討喜。

「欸，您來啦！」

店裡的服務生突然開門出來時，江蓁被嚇了一跳。
她尷尬地站直身子，露出得體的微笑：「嗯。」
「您好久沒來了，我還以為是……」話到一半他又止住，摸著後腦勺憨厚地笑了笑。
江蓁知道他原本要說什麼，乾脆裝傻：「我最近工作太忙了，沒時間。」
懂得都懂，不用說破。
看見服務生解開綁在柱子上的狗繩，江蓁問他：「這是店裡的狗啊？」
服務生回答她：「對，我們老闆的，叫土豆。」
話音剛落，黃金獵犬就「汪」了兩聲，聽到自己名字了。
江蓁彎腰揉揉牠的腦袋：「原來你叫土豆呀。」
服務生牽著土豆，十分懂事地往旁邊退了一步，想讓江蓁先進店。
面對小夥子一雙熱情誠懇的大眼睛，江蓁回以苦澀一笑。
她真的只是路過，不想進去的。
抬頭是男孩俊秀的眉眼，低頭是黃金獵犬可愛的腦袋，效果加持，讓人盛情難卻。
江蓁深呼吸一口氣，往屋裡看去。
——熟悉的桌椅，熟悉的燈光，熟悉的氣味。
像是受到某種指引，她心漏了一拍，等反應過來，左腳已經邁了進去。

酒館後廚和大堂有一個小窗口連接，方便服務生遞給主廚訂單和端菜上菜。

楊帆幫客人點完菜，回到前檯。本該在吧檯的陳卓不務正業遛了過來，拍拍楊帆，問：「女酒鬼點什麼了？」

楊帆回答：「點了份吃的。」

陳卓失望地「啊」了一聲，再次確認：「沒點酒啊？」

楊帆點頭：「嗯，沒點酒。」

陳卓不死心，又問一遍：「真的沒點？不喝了？」

楊帆眨著人畜無害的大眼睛，說：「沒點，以後喝不喝我就不知道了。」

陳卓扁扁嘴，雙手插進著口袋裡，轉身回了吧檯，邊走邊嘀咕：「沒意思，沒意思。」

裴瀟瀟坐在前檯，手裡一包堅果，聽著他們剛才的對話，不由評價道：「陳卓是沒被罵夠嗎？」

周明磊靠在櫃子邊，手裡一支筆一邊還帳單，他在紙上寫下一個數字，抬頭推了推眼鏡：「紅顏知己沒了，心碎呢。」

陳卓這兩天天天盼著人來，眼睛望著門口都能盯出個洞來。這下好不容易把人盼來了，結果人家戒酒了。

說到底，始作俑者還是他上次那杯酒。

裴瀟瀟和楊帆忍不住悶聲笑起來，笑陳卓自作自受，一招用力過猛讓他那酒中知己直接退隱江湖了。

前檯員工們聊得熱鬧，後廚的主廚大人就不開心了。

季恆秋從窗口探出頭，皺著眉，語氣嚴肅地問：「訂單呢？」

楊帆這才想起來，趕緊撕下本子上的紙恭敬地遞過去：「三份，一個是生面孔，一個是丸叔的，還有女酒鬼。」

季恆秋瞟了訂單一眼，問：「女酒鬼？」

楊帆提示道：「辣醬。」

季恆秋的右邊眉梢挑了下，點點頭，捏著紙轉身回後廚做飯。

At Will 的菜單看似隨意，吃什麼主廚定，但其實客人來多了，他們也能摸清喜好，上什麼菜都是有講究的。

搞這個「主廚今日心情指數」不是為了行銷噱頭，純粹是因為季恆秋懶。

當初程澤凱催他好幾天了還沒把事情定下來，罵又罵不得，只能壓著脾氣問他：「店名想好了沒，還有你的菜單什麼時候能給我？」

季恆秋在後廚搗鼓他那些瓶瓶罐罐，隨口說了句：「隨便。」

程澤凱氣得眼前發白，最後乾脆直接用了這名：「店名隨便，菜單也隨便，看主廚當天心情。」

一開始是賭氣，誰讓季恆秋不當回事，就故意弄了這個名字。At Will 是後來周明磊改的，真叫隨便不像樣，不好聽。

現在看來，也許最好的安排都從意外而來，要是當初真讓他們想，肯定想不出這麼有趣又不大眾的名字。與眾不同的菜單也成了這家酒館的特色，連帶著那位神祕隨性的主廚都成了 At Will 招攬顧客的祕密武器。

據有幸一睹其真容的幸運顧客描述，主廚是個英俊型男，存不存在誇張的部分暫且不論，但看店裡其他員工就知道，這家店選人肯定是把顏值也列為指標的。

陳卓剛剛說的丸叔是一個四十多歲的啤酒肚大叔，因為愛吃各類丸子他們取了這個外號。丸叔肚子圓腦袋也圓，長得像顆丸子，他在附近一所高中當數學老師，經常要值班看學生晚自習，有時候晚飯就來這裡吃一口。

除此以外，經常來的還有一男孩，是陳卓的朋友，綠色平頭，左耳戴著三顆金屬耳墜，挺酷的中二少年，把索隆當偶像，手臂上的刺青也是索隆的三把刀。

他說過一次本名，誰也沒記住，都跟著陳卓喊他拽哥。拽哥話少脾氣大，帶著點青春期男孩特有的傲慢。這種性格放別人身上可能會招人厭，但拽哥是個名副其實的小帥哥，所以大家都樂意看他拽看他耍帥，要不然怎麼說顏值即正義呢。

拽哥的飲食喜好也挺非同尋常的，和其他年輕男孩不一樣，對肉並不鍾愛，就喜歡吃馬鈴薯，還特別愛吃香菜。

酒館開了三年，老顧客很多，大多都是附近的居民。一年四季都穿著短裙的長髮女人，大家叫她「南極麗人」；隔壁做麻糍的阿姐家小兒子經常跑他們店裡玩，季恆秋要是做了糖葫蘆也會分他兩串，喊他小胖他不樂意，喊他小帥哥就回給你甜滋滋的笑；還有不吃雞蛋、永遠穿著黑西裝的上班族，愛吃炸物愛啤酒、週末偶爾出來放肆一把又不敢到酒吧去的大學生。

哦，現在又多了一位——女酒鬼江蓁。這名字不知道誰先開始喊的，反正那天之後大家都知道有這麼一個客人，能吃辣愛喝酒還長得漂亮。

人們進進出出，這間小館安靜地開在巷子深處。

「酒到萬事除」，說的是這世上憂愁再多，酒意正酣，一切都拋之腦後了。偶爾人類需要的不是清醒是逃避，短暫的逃避，不可恥的逃避。

酒精是護照，帶著靈魂出逃，前往一個未知的精神世界，沒有抱負，沒有責任，沒有理想，沒有俗世紛擾的一切。

At Will 是酒館，是藏在這座城市角落裡的一間庇護所，收容形形色色的人間心事。

後廚，季恆秋從冰箱中找到材料，取出洗淨備用。

給生客的和丸叔的一樣，紅醬燴肉丸，配幾碟小菜和一碗白飯。

給江蓁的就有來頭了，渝市的特色小吃紅油抄手。抄手一早就包好放冰箱裡了，就等著她來。

季恆秋做菜的速度很快，整個後廚就他一個人，偶爾忙不過來才找人打下手，灶臺上兩邊一起開火，各個步驟交錯進行，一切有條不紊。

三道菜分別裝好盤，楊帆要端走之前，季恆秋又把人叫住，他隨手拿了筆和紙，俯身在紙上寫下一句話，潦草幾筆，寫完後將紙對折疊好壓在抄手碗底。

季恆秋揮揮手：「端去吧。」

楊帆低頭看了碗中鮮紅的一層辣油一眼，擔憂地問：「哥，還給她吃辣醬啊？」

季恆秋叉著腰，擺出無言的表情：「不是上次那瓶。」

解釋也解釋不清，總不能說是因為他被挑釁了，燃起了莫名又幼稚的勝負欲，想為申城為自己正個名吧。

沒多說什麼，季恆秋丟下一句「上你的菜去」，轉身走了。

土豆被牽回店裡，找了個地方安靜趴下。

江蓁坐在靠窗的位子，有根柱子擋著，她特地挑的地方，就是想低調點，別引起別人的注意。

點好菜等候的期間，她悄悄探頭掃視一下店裡，寥寥幾桌客人，員工也都是眼熟的。雖然那天的記憶已經模糊了，但江蓁確認把她按水槽的男人不在這裡，也許是後廚的廚師吧。

也好，她這輩子都不想再見到那人。

沒點酒，只要了份吃的，很快菜就上桌了。

一碗紅油抄手擺在她面前時，江蓁還挺意外。店員說完「請慢用」就走了，江蓁拿起勺子，開動前偷偷伸長脖子瞄了別人桌上的菜一眼，發現和她的並不相同。

還真是見鬼了。

作為一個道地的渝市人，江蓁從小到大吃過的抄手少說也有幾十家。眼前這碗從色澤上看還挺誘人的，辣油澄澈透亮，鮮香濃郁。一碗抄手大約八九個，餡料飽滿，上面淋著紅油，撒了一層白芝麻。單看外表像模像樣，就是不知道味道怎麼樣。

江蓁用勺子舀了一顆放入嘴中，溫度剛好，入口就能感受到一陣鮮麻，味道足但不會過於辛辣。她咬了一半，細細咀嚼品嘗。

無論是抄手、雲吞，還是餛飩，各地叫法不同，但做法都是用面皮包了餡料。全國各地家家戶戶的飯桌上都能看見這樣食物，但就算是用了一樣的餡料，包的人不同，味道就會有差異。

包裹的餡料是抄手的靈魂所在，這一碗用的是鮮肉和蝦仁各半，肉質筋道，鹹淡適中。江蓁不知不覺就嚼完了一個。麻辣會讓人上癮，這種對味蕾的直接刺激讓人欲罷不能。美食是壞情緒的靈丹妙藥，口腹之欲被滿足，心情也會得到治癒。

江蓁兩口一個，一下子一碗抄手就見底。不說有多正宗，光這餡料和辣油就能一騎絕塵，超過市面上大多數店家。

來申城一年多，江蓁第一次遇到這麼合自己胃口的，吃得急了點，但很爽快。

除了抄手，餐盤裡還擺著一盅湯，她拿勺子攪了攪，是椰子雞，味道清甜，剛好解辣。

吃飽喝足，江蓁摸著微微有了弧度的肚子，舒適地打了個嗝。

拿起紙巾擦嘴的時候，她才看見一直壓在碗底的紙。

江蓁打開，將便利貼擺正，上面的字跡隨意而潦草，她微微擰著眉，把紙條放到亮一點的燈光下看——「申城有好吃的抄手，只是妳沒遇到。」

一行字，像魔法棒揮動施下咒語，混亂瑣碎的記憶「砰」一下在腦中炸開，江蓁恍然想起，那晚她似乎揪著人家耳朵，耍無賴似的抱怨申城的抄手真難吃。

其實就是借著酒意上頭找到個出口宣洩一下情緒，隨口一說的，雖然在此之前她真的欣賞不慣申城的抄手，或者說餛飩。但她沒想到啊，人家廚師可在乎了，把這事放心上惦記著呢。

再一想到剛剛她狼吞虎嚥的樣子很有可能被人暗中觀察，江蓁不禁老臉一臊，迅速把紙揉成一團隨手塞進包裡，太丟人了。

剛吃進去的美味轉瞬變為毒藥，江蓁捂著肚子，覺得腹中隱隱作痛，趕緊灰溜溜地結帳走人。

什麼廚師，這麼記仇！

第五杯調酒

連假第三天，江蓁又是一覺睡到下午。

醒來滑了下手機，別人的假期生活精彩紛呈，看得她心裡癢癢的，也想出去放個風，在家待著實在要憋壞了。

今天天晴，氣溫在三十度以上，起床洗漱後江蓁俐落地化好妝，換了一件白色短T恤，下面配一條棕色麂皮半身裙，再穿上馬丁靴，休閒而幹練的一身打扮，露出的兩條腿又細又直，白花花的很搶眼。

附近有個藝術展，江蓁前兩天收到廣告，還挺感興趣的，打算趁今天去逛逛。

來申城之後就是公司和家兩點一線，江蓁沒有什麼特別熱衷的愛好，但要是附近的藝術館辦了什麼創意展，江蓁都會去看看。

做他們這一行的，很需要眼界和知識，吸收的東西越多越好，到了輸出想點子的時候大腦才不至於太乾澀。

像這樣的藝術展就是很好的輸入機會，藝術家們的創意層出不窮，江蓁對色彩和設計的理解有限，但能從各式各樣的展品中捕捉到靈感，就算是有所收穫不虛此行。

這一次她要去的藝術展主題叫「chills and fever」，和地球環保相關，參與者都是九〇後的年輕藝術家，也涉及到一些公益組織。

江蓁在門口檢好票，根據工作人員的指引進入展廳。

遊人寥寥，大家保持安靜，放慢步伐走過一件又一件展品，偶爾停下駐足欣賞或拍攝。

這樣的氛氛讓人心情平和，沉浸式享受來自藝術家們的思緒碰撞。

江蓁不疾不徐地走過半個展廳，有風格各異的畫作、利用廢棄物製成的手工藝品，更特別的還有占據一整個走廊的繪本故事。

大多數作品江蓁都是一覽而過，越往裡走，展廳越空曠，純白色的場景布置像把人拉進另一個空間。

走到攝影區時，江蓁停下了腳步。

白牆上陳列著上下三幅相框，分別取景於天空、陸地、大海，最上面是如火焰一般的紅橘漸層，最底下是沉寂的深藍，而中間那幅灰黑色的場景，像灰燼像深淵。

燃燒的落日交融洶湧海水，chills and fever，寒與熱，冰與火，兩方極端爭鬥，撕扯出一片濃重的黑色地帶。

照片無聲，卻具有穿透一切的力量。

當視線停留在這組圖上時，江蓁的某根神經被撥了一下，隨之而來的是心靈上的衝擊和震盪。

這是觀賞者與攝影師的短暫共情，眼前的圖片是實體，卻能連接精神世界。

江蓁站在照片前，某一瞬間似乎被拉進照片裡，借著作者的眼睛感受到落日與海水的痛苦、掙扎、呼喊。

駐足整整兩分鐘，江蓁才恍恍的將思緒從照片中抽離。她偏移目光，落在一旁的作者簡介上。

攝影師的名字叫溪塵，聽起來挺文藝的。江蓁拿出手機在搜尋引擎上輸入這個名字，竟然沒有對應的搜尋結果，所獲資訊寥寥無幾。

也許是個新人？又或者是個隱世的大神。

江蓁默讀了這個名字一遍，把它記在心裡。

最後又抬頭看了牆上的圖片一眼，江蓁將手機放進口袋裡打算起步離開。

旁邊不知道什麼時候站了個男人，她一轉身差點撞上人家。微微低了下頭說了聲抱歉，江蓁往旁邊讓了一步繼續向前走。

出了展廳是一片休息區，售賣咖啡和甜點。

江蓁找了個空位坐下，點了一杯冰美式。

這時候才下午四點，和煦的日光投映在木桌上落下斑駁光影。

窗外是藝術區的小花園，樹上的葉子一半早早入秋泛黃，一半依舊是鮮活的綠色。

江蓁翻著手機裡剛剛拍攝的照片，時不時拿起手邊的杯子喝一口咖啡。

「妳好，請問這裡有人嗎？」

聽到聲音江蓁抬頭望去，是個高個清瘦的年輕男人，年齡與她相仿。

她搖搖頭，把自己的包往身前挪了一點，騰出位子給他。

男人禮貌道謝，拉開椅子坐下。

剛剛背著光匆匆一瞥，江蓁沒來得及看清男人的長相，總覺得有些眼熟，尤其是聲音，她肯定在哪裡聽過。

她忍不住偷偷偏過頭去想再看一眼，沒想到男人也正在看她。

視線相撞，是對方先開口：「想起我來了？」

在江蓁微張著嘴表示茫然時，他帶著笑意說：「江蓁。」

「你是……」江蓁蹙著眉，努力在腦海中搜尋對應的名字。

沒等她想起來，男人已經主動表明身分：「二〇一〇級廣告一班，樊逸。」

記憶中那個帥氣清朗的男孩和眼前的男人漸漸重合，江蓁瞪大眼睛，驚喜道：「學長！」

江蓁和樊逸在江城大學的交集不算多，幾次活動樊逸是主要負責人，指導過她而已。

當時樊逸是學院的系學會會長，成績好，長得也不賴，妥妥的校園男神。如今的他更加成熟穩重，穿著白襯衫和黑色西裝褲，氣質還是一如從前的溫和謙遜。

他和江蓁說：「剛在裡面就認出妳了，不方便打招呼。」

江蓁想起那時導師不厭其煩地和他們提起樊逸的光輝事蹟，不禁莞爾一笑：「沒想到你還記得我。」

樊逸挑了下眉，佯裝失望的口吻：「我也沒想到妳把我忘了。」

江蓁趕緊擺擺手：「我不是故意的，您往我眼前一站，我被帥暈了，腦子就不運轉了。」

這種不走心的恭維話，樊逸聽了還挺高興的，他抿著唇，微微掀起嘴角。

樊逸問江蓁：「來申城玩的？」

「沒，我來這工作了。」

樊逸眼裡露出驚喜，繼續問：「現在在哪裡工作？」

「茜雀，做市場企劃。」

「挺好。」樊逸從口袋裡拿出手機點開好友 QR code，很自然地將其遞給江蓁。

江蓁接過，打開掃描添加對方為好友：「我聽說，學長你後來自己開了工作室？」

樊逸糾正道：「合夥人之一，也不算我開的。」

他又問：「今天一個人來看展？」

江蓁點點頭：「假期閒著沒事，出來逛逛。」

樊逸的視線落在手機上，似是不經意的一問：「男朋友呢？」

這有些陌生的三個字讓江蓁愣了一下，她用手指擦去沿著杯壁滑落的水滴，聳聳肩語氣輕鬆地回答：「分啦。」

樊逸抬起頭看向她，小心翼翼地問：「什麼時候的事？我記得你們在一起挺久的。」

江蓁將一縷頭髮捋到耳後：「就前兩個月，大三到今年，五六年吧，也不算久。」

這個話題起的不好，氣氛陡然變得微妙，樊逸也有些後悔。

大概沉默了半分鐘，江蓁率先打破尷尬，她問樊逸：「學長，你也喜歡看展嗎？」

樊逸指了指展廳門口的看板，說：「我們工作室參與了策展設計，我今天來巡查一圈。」

江蓁做了個「wow」的口型，發自內心的佩服。

這次的藝術展是公益性質的，所獲收益將全部捐贈出去，樊逸的工作室負責策展自然也不會從中收取費用。

江蓁暗自嘆了聲氣，她還是個卑微社畜，每天為生計奔波，人家卻已經為社會作出更高價值的貢獻了。

靈光一閃，江蓁挺了挺身子，問：「學長，那你應該認識展會上那些作者吧。」

樊逸點頭承認：「是，工作上會有一些交集。」

江蓁的嘴角泛起不懷好意的笑：「那你可不可以，把溪塵的聯絡方式給我一下啊？就是那個攝影師。」

江蓁的眼眸圓而烏黑，明亮有神，像是盛著碎星的夜幕。被這樣的目光看著，很難拒絕她提出的任何請求。

「我看看啊。」，樊逸不著痕跡地滾了下喉結，在大腦進行思考之前，身體已經很老實地打開手機找到溪塵的聯絡方式傳給了江蓁。

收到新訊息提示，江蓁滿足地露出明媚笑臉：「謝謝學長！」

已經濫用職權了，樊逸這才想起來問她：「怎麼？妳喜歡他啊？」

江蓁笑著搖搖頭：「說不上，但想找他合作。」

樊逸抿了口咖啡，友情提示：「他脾氣有點怪，不太喜歡商業性質的工作。如果要合作的話，溝通的時候妳千萬要注意措辭。」

江蓁十分認真地點了頭，表示記住了。

樊逸是個溫文隨和的人，你給的話他會接，氣氛冷下來他也會挑起另一個話題，和這樣的人相處起來很舒服，江蓁不自覺地放鬆了下來，沒了剛開始的拘謹。

兩人並肩坐在窗邊，邊喝咖啡邊隨意撿些話題聊。看天快黑了，江蓁起身打算離開。樊逸提出送她，被她委婉拒絕。

比起搭便車，江蓁還是更喜歡自己在地鐵或公車上慢悠悠地消磨時間。

離開展館，走到附近的公車月臺，江蓁拿出耳機，用音樂聲幫自己與外界築起一道牆。

恰逢尖峰期又是節假日，今天的交通格外擁堵，往常四十分鐘的車程，江蓁到站下車的時候都快晚上七點了。

有了上次的經驗，這次江蓁再進 At Will 自然很多。本來嘛，只要她自己不尷尬，那尷尬的就是別人。

慣常見到的那個小服務生似乎休假了，接待她的是另一個年輕小夥子。

上次江蓁是直接點菜，沒翻菜單，她這才知道菜單最近更新過了——當然只是前兩頁的酒水，食物那頁依舊是那簡簡單單兩行字。

江蓁一一瀏覽過去，拇指指腹在「美女酒鬼」四個字上點了點，好奇地問：「這是什麼？」

服務生微笑著為她解釋：「這是我們調酒師的新品，用紅石榴果漿混了其他調和酒，很好喝，您要嘗嘗嗎？」

聽成分，江蓁隱隱覺得熟悉，她用指節蹭了蹭下巴，問：「那為什麼要取這個名字？」

服務生不知想到什麼，抿唇笑起來：「就是有一次，一個漂亮姐姐在我們店裡喝了這杯酒，沒想到後勁這麼足，醉得整個人神智不清，您猜她後來幹嘛了？」

江蓁呵呵笑了兩聲：「不會是把辣醬當飯灌了吧？」

服務生瞪大眼睛驚訝道：「妳怎麼知道？」

江蓁扶額閉上眼，因為她就是那個傻子啊！

「我、我聽別人說的。」

「哦——」服務生點點頭，又說道：「姐，要來一杯嗎？後來調酒師被我們老闆罵了一頓，現在的是改良過的，沒那麼烈了，您放心喝！」

江蓁抬頭，露出皮笑肉不笑的詭異表情，咬著後槽牙說：「那真是謝謝你們老闆了。」

沒眼力的服務生以為她起了興趣，還傻呵呵地說：「那給您來一杯？」

江蓁嘴角瞬間放平，伸出手掌做了個拒絕的姿勢，肅著臉一身正氣道：「不用！我滴酒不沾！」

正值吃飯時間，江蓁來時還有幾桌空位，十幾分鐘整個大堂就坐滿了。

嘈雜人聲充斥在耳邊，空氣裡飄散著食物香味，服務生在桌與桌之間奔波忙碌，酒館裡熱熱鬧鬧。

今天客人多，菜上得慢，江蓁等了快半個小時還沒來。她撐著下巴，無聊地一遍遍更新社群，直到再也沒有最新動態。

隨著鈴鐺聲響起，木門開合，走進一對年輕情侶。

大堂裡只有吧檯還剩兩個空位，是分隔開的，人家小倆口肯定不願意分開坐，站在門口像在糾結還要不要進來。

服務生注意到他們，過去招待。

不知道他們說了什麼，三個人突然把目光投向江蓁。

江蓁茫然地左右看看，確認他們是在看自己沒錯。

很快服務生朝她走了過來，站到她桌邊，微低下身子詢問江蓁：「不好意思啊姐，您看您方便換個位子嗎，我把您安排到吧檯那邊。」

江蓁抬頭看向門口的那對情侶，人家女孩子朝她友好地笑了笑。

自然是沒辦法拒絕的，江蓁點頭同意，說了聲「好」，拿起自己的包起身讓位。

服務生覺得過意不去，再次和她表達歉意：「不好意思啊姐，今天人太多了。」

江蓁無所謂地搖搖頭：「沒事，讓他們快進來吧。」

往裡走到吧檯，江蓁拉開高腳凳坐下。

調酒師陳卓今天忙得很，手上沒停過。察覺到動靜，他抬頭看了江蓁一眼，又不動聲色地垂眸繼續幹著自己的事。

他的態度讓江蓁挺意外，江蓁問他：「不認識我了？」

陳卓掀眼，拖著尾音懶懶說：「沒。」

「那怎麼對我這麼冷淡？」

陳卓冷哼一聲：「您不是戒酒了嗎，我們沒共同話題了，沒什麼好聊的。」

就因為這個？

江蓁笑了笑，也不多說別的：「好，給我來一杯。」

陳卓挑眉，典型的得了便宜還賣乖：「看來上次的事沒讓妳留下陰影啊？」

江蓁睩起眼嘖了一聲：「再提我走人了啊。」

陳卓及時打住，抿著唇做了一個拉拉鍊的動作。

還有一事江蓁要討問討問他呢。

她拿起手邊的菜單，翻開指著其中某一行，嚴肅語氣問陳卓：「這什麼，美女酒鬼，你取的名字？嘲笑誰呢？」

陳卓心虛地笑了笑，擺擺手急忙和自己撇清關係：「這可不是我取的。」

江蓁回給他一個「我信你個鬼」的眼神。

「真不是！」陳卓伸直手臂指著後廚，理直氣壯甩的一手好鍋，「是我們老闆取的，真不是我。」

江蓁順著他指的方向看去，垂布遮擋視線，隱隱約約能看見一個男人走動的身影。

她將信將疑，對陳卓說：「你們老闆也太損了吧。」

陳．識時務但非俊傑．卓：「就是啊，太損了。我強烈反對，他就要取這個名，太壞了。」

江蓁一掌拍在菜單封面上，嚴肅為自己澄清：「我可不是酒鬼啊，就喝醉那麼一次怎麼能叫酒鬼，頂多算小小的失誤。」

陳卓撇嘴笑了笑：「好好好，妳是美女，不是酒鬼。」

其實陳卓倒也沒完全說假話，當時他調整好配方，幫這杯酒取的名字叫「女酒鬼」。後來拿給季恆秋看，季老闆隨意地瞟了一眼，然後提筆在前面添了一個「美」字，也沒解釋什麼，轉頭又去忙了。

但現在經過陳卓這一番加油添醋，不管當初老闆是何用意，現在在江蓁這裡已經落下缺德的印象。

今天的主廚心情指數是咖哩蛋包飯，配上酥脆的炸雞塊。

陳卓調了一杯椰子酒給江蓁，味道清甜，沒什麼酒味。

這一套餐，咖哩加椰子，還挺有東南亞風情。

咖哩香味濃郁，馬鈴薯綿軟，江蓁用勺子小口吃著飯，份量挺足的，她竟然還慢慢吃光了。

杯子裡的酒還剩半杯，服務生收走了餐盤，江蓁就著半杯酒又坐了一下。

靠近九點時，吃晚飯的那一波客人基本走光了，大堂裡倏然空了下來，只剩服務生在清理桌子。

這樣的安靜並沒有維持多久，還有吃宵夜的呢。沒過多久，鈴鐺聲響起，有人推門進來，大約七八個，說話聲交雜在一起，吵吵嚷嚷的。

江蓁偏頭看去，門口站了一群男人，年齡都在三四十歲左右，穿得很休閒，但能看出身分氣質不凡。

他們邊說話邊進屋，江蓁這才看見原來同行的還有一位女士。

那女人穿著一身寬鬆的白色運動裝，個子高挑，紮著馬尾。江蓁的目光從下至上，落在她的臉上。

本是無意的一眼，她卻像是被電擊中愣在原地。

這女的，怎麼這麼，像陶婷？

江蓁放下酒杯，向前探身定睛細看。

儘管這是第一次見到她這樣打扮，但那就是陶婷沒錯。

江蓁收回目光掃視了剛剛進屋的男人們一圈。

她剛剛沒注意，現在仔細一看，竟都是業內有頭有臉的人物。

——時尚雜誌的主編 Karry Wu、廣告公司的徐總監，還有幾個地位身分更厲害的，江蓁沒怎麼見過，只是勉強眼熟。

她倒吸一口氣，在心裡猶豫是不是該上去打招呼時，陶婷已經發現她向這裡走了過來。

江蓁的寒毛瞬間豎起，腦內拉響一級警報，她蹭一下起身，身姿站得比小學六年級做升旗手還挺拔。

「江蓁？好巧啊。」

江蓁呵呵笑了兩聲：「是呀，好巧呀。」

她們打招呼的期間，那位徐總也過來了，指著江蓁問陶婷：「認識啊？」

陶婷點點頭，對江蓁做了個「過來」的手勢。

江蓁趕緊邁著碎步跟過去站到她旁邊。

陶婷虛攬著江蓁，把面前一圈人都介紹了一遍。

她身高接近一百七，江蓁撐死一六三，平時在公司大家都穿高跟鞋，差異不明顯，今天兩個人站一起，江蓁瞬間像個小孩。

江蓁不傻，陶婷其實完全沒必要費這個功夫帶著她一個一個地認人。這是在幫她拓展人脈，是前輩提攜後輩。儘管現在江蓁的工作層面接觸不到這些業內大拿，但多認識些總是好的，而且是被陶婷親自帶著，變相認可了江蓁的工作能力，給了保障。

連師徒都未必能做到如此，更別提她們只是普通的上下級關係，而且江蓁一直覺得陶婷不大喜歡自己。

她受寵若驚地偷瞄陶婷，想著以後有機會再謝謝她。

江蓁謙遜有禮地跟著陶婷喊人，遇到特別熟悉的再恭維一句「久仰大名」。最後陶婷拍拍她的肩，說：「這是江蓁，我手底下的企劃。」

喊完一圈人江蓁都口渴了，其他人就座湊了兩桌，陶婷沒跟他們坐一起，和江蓁一起坐在吧檯邊。

好巧不巧，陶婷點酒的時候要了一杯「美女酒鬼」。

陳卓在旁邊哼哧哼哧地悶聲笑，剛剛的畫面他看見了，知道旁邊這位是江蓁上司。

江蓁知道他在笑什麼，面不改色，只在陶婷不注意的時候抬頭狠狠瞪了陳卓一眼。

陳卓不收斂笑意，還無聲用唇語和她說：「這名字取得真不錯，真好賣。」

酒上來了，陶婷淺抿一口，問江蓁：「一個人來吃飯？」

也許是沒了職業裝和精緻妝容的加持，眼前的陶婷摘下了冷面主管的面具，語氣輕鬆隨和，看起來平易近人。

江蓁點點頭，她問：「主管，你們是剛聚完餐？」

陶婷淡淡瞥了那群男人一眼：「嗯，他們吵著要一起看球賽，就找了家酒館續攤。」

江蓁原以為他們是商業應酬組的飯局，但現在看他們聊天的氣氛和陶婷的語氣，這夥人應該是私底下關係不錯的朋友。

陶婷一直沒結婚，儘管她現在的職位說高不高，但很多同事猜測，未來她的職場生涯大概是平步青雲，往上走的空間很大。

第一次見到私下裡這樣一面的陶婷，江蓁忍不住好奇，試探著問：「婷姐，這都是妳朋友啊？」

心裡這些小心思陶婷猜都不用猜，她喝口酒，一句話乾脆俐落地熄滅江蓁剛剛燃起的八卦欲：「都是認識很久的朋友，別亂想。」

江蓁撅著嘴「喔」了一聲。

椰子酒喝完了，江蓁又點了生啤酒。

沒過多久有人喊陶婷過去，陶婷沒立即起身，先問江蓁：「要一起過去嗎？」

江蓁搖頭擺手拒絕：「我坐一下就走了，姐妳過去吧。」

陶婷握著玻璃杯碰了碰桌上江蓁的杯子：「那我走了。」

等陶婷一走，江蓁塌下肩鬆了口氣。

陳卓擦著杯子和她搭話：「姐，妳主管知道妳私下是酒鬼嗎？」

江蓁翻了個白眼回他：「你爸媽知道你這麼欠揍嗎？」

她又補充道：「還有，我不是酒鬼！」

說話間，後廚的垂布被人掀開。

原本嬉皮笑臉的陳卓看見走出來的人，收起表情恭敬地喊了聲：「秋哥。」

江蓁訝異地看他一眼，沒想到他還有這麼老實的一面。

她帶著好奇抬眸，卻看見被陳卓喊「哥」的男人拉開她旁邊的椅子坐了下來。

僅僅瞟了一眼，江蓁就認出了這是誰。

辣醬、水槽、抄手和紙條，一幕幕飛速在江蓁腦海裡閃過。

他們算起來沒正式見過面，但竟然已經創下這麼多筆孽債。

江蓁火速收回視線，目視前方一動不動，屏著呼吸如臨大敵。

陳卓問男人：「喝什麼？」

「啤酒。」

低沉的嗓音燙紅了江蓁的耳朵，她埋頭抱著玻璃杯，牙齒咬在杯口上，縮成一團拚命降低自己的存在感。

好在球賽很快開始，但凡有比賽，酒館裡的電視機都會轉到體育頻道，挺多球迷會三五成群地來小聚。

今天他們看的是德國甲級聯賽，斯圖加特對勒沃庫森。

江蓁不懂足球，以前陪著周晉安看過兩場。

由於時差的原因，球賽直播大多都在半夜，江蓁往往看個開頭就睡著了，到賽點再被激動難忍的周晉安搖醒。

習慣造成了反射，導致她現在一看到球賽就想睡。

電視機上畫面跳轉，比賽正式開始。

大家都默契地不再說話，尤其是陶婷那區的人，一個個的雙手握拳情緒激動。職場上是光鮮亮麗的高層精英，這時穿著簡單的T恤，手邊一杯啤酒，又都很接地氣。

在這個緊張又興奮的時刻，酒館裡突兀地響起了一聲長長的哈欠。

察覺到大家的目光聚了過來，江蓁也意識到這有多不合時宜，她用手捂著嘴不好意思地低下頭，眼角還泛著生理淚水。

電視上響起現場觀眾的熱烈喊聲，大家的注意力很快又轉移走。

江蓁剛放下手鬆了口氣，就聽到旁邊的男人發出一聲輕笑。

帶著嘲諷、輕蔑的一聲笑。

江蓁的臉頰瞬間泛起燒灼感，腦袋一熱，她脫口而出：「你笑屁啊。」

一時嘴快之後，即使江蓁心裡虛了一半，但面對男人略帶審視的眼神，她挺了挺身子，虛張聲勢地瞪著眼睛回視過去。

就是槓上了，放馬過來吧，老娘接著。

季恆秋張了張嘴，欲言又止，最後收回視線喝了口酒，玻璃杯擱在木桌上發出一聲悶響。

他的五官線條冷峻，眼睛狹長，嘴唇薄，左邊眉毛上有道凹陷下去的小疤，不怒不喜的時候得有些凶。

被這麼涼涼淡淡地丟一眼，江蓁吞了口唾沫，氣焰熄了一半。

她清清嗓子低下頭，抬起酒杯灌了一大口，又點開手機不斷切換著APP，沒事找事幹。好在男人大概是選擇全程無視她，比賽開始後大家的注意力也都放在電視螢幕上。

江蓁看了一陣子，覺得無聊，時不時喝兩口酒，大多數時間裡她都用餘光偷偷留意身邊的男人，偶爾借著比賽掀起的一兩個高潮大著膽子看他一眼。

其他人邊看比賽邊與身邊的人談論，情緒高漲，再加酒肉助興，三五好友聚在一起，氣氛熱鬧的彷彿就在現場。

今天的兩支戰隊算是棋逢對手，戰績有來有回，酒館裡揮臂稱讚和遺憾嘆息聲此起彼伏。和別人的情緒不同，誰先下一城誰逆轉劣勢，身旁的男人始終沒什麼太大波動，江蓁看了半天也沒猜出他到底支持哪個隊伍。

一杯五百毫升的啤酒見底，江蓁覺得腦袋沉，手肘架在桌子上，雙手托住臉，歪頭看了看旁邊的男人。

他從後廚出來，應該就是酒館的主廚，上次那碗抄手是他做的，紙條也是他寫的。

但他如果是個廚師，怎麼和她印象裡那些不大一樣？

這個男人身上看不見煙火氣，反倒有些冷清。

說白了，就是沒什麼人情味，偏偏做的飯還挺好吃的。

陳卓剛剛喊他「邱哥」，這個稱呼江蓁耳熟，店裡的員工常常掛在嘴邊。

邱哥……

靈光一閃，江蓁猛地挺起身子。

她悄悄靠過去，問男人：「你就是這裡的老闆吧？」

男人偏過頭看著她，點頭承認：「我是。」

江蓁勾起唇角得意地打了個響指，喊他：「邱老闆。」

男人的眉心因為不解而擰在一處：「秋老闆？」

江蓁點點頭，又十分肯定地喊了一遍：「邱老闆。」

男人的手指在脖子上刮了刮，妥協道：「也行吧。」

不知道比賽進行到哪了，大堂裡突然爆發出一陣歡呼聲，氣氛熱鬧的像是要掀了屋頂。

季恆秋盯著江蓁一張一合的嘴唇，想努力分辨她在說什麼。

江蓁一番話說完，見對方神情茫然，她不滿地嘖了一聲，把身子靠過去，對他招了招手。

季恆秋覺得陳卓一定是在酒裡加料了，他腦子糊塗了才會乖乖把耳朵湊過去。

江蓁那身高，坐高腳凳腳根本碰不到地，這麼側身靠過來，像下一秒就會重心不穩摔下去。

季恆秋伸出手臂虛攬著，做好了隨時接住她的準備。

但他沒想到先重心不穩差點踉蹌的是他自己。

還未完全適應耳垂被人輕輕捏住的異樣感，她的聲音就伴著溫熱的呼吸穿進耳朵，細細密密泛起一陣酥癢。

江蓁貼在他的耳邊說了一句很突然的話：「我說，我是美女，不是酒鬼。」

說完話就鬆開了，挺直身子重新坐正，還朝他傻呼呼地笑了一下。

季恆秋伸出的手還沒收回，就這麼在距離她三四公分的地方舉著，形成保護的姿態。

基於上次的經驗，他突然意識到了什麼。

江蓁手撐在椅子邊，兩條腿懸在空中一晃一晃，整個人看起來沒什麼問題，眼睛有神，說話清晰，甚至臉都沒紅。

但是憑藉這副和她剛剛狀態完全不同的傻樣，季恆秋確定了，這女的又醉了。

一醉就喜歡拉人耳朵說悄悄話，什麼毛病？

季恆秋收回已經有些痠麻的左手，揉揉自己耳朵。

他皺著眉，凶神惡煞地朝吧檯喊：「陳卓！過來。」

陳卓正悠閒地靠在桌子邊看球賽呢，聽到季恆秋喊他，邊抱怨邊走過來：「幹嘛呀哥，正精彩呢。」

季恆秋屈起四根手指用大拇指指著江蓁，語氣裡帶著質問：「怎麼回事？你又給她喝什麼了？」

陳卓張大嘴巴作出不可思議的表情，急得有些語無倫次：「我能給她喝什麼？就啤酒啊，和你喝的一樣，撒泡尿就排泄完的那種。」

季恆秋不信：「真的？」

陳卓比竇娥還冤：「真的啊，哦，吃飯的時候她還喝了一杯椰子酒。」

他用手比出一個數字，補充道：「九度。」

季恆秋瞟了江蓁一眼，後者正抱著一個空杯仰天豪飲：「那她醉成這樣？」

陳卓攤著手提了下肩表示他也不知道啊。

季恆秋勉強信了陳卓，揮揮手放他去看球賽。

陳卓見狀趕緊溜了，還找了個更遠的位子坐下，生怕又惹上一頓罵。

這事說來離奇，季恆秋確實錯怪陳卓了。

江蓁的酒量不差，白酒都能喝個小半斤，正常一杯中低度的酒遠不至於醉。

但她有個致命的弱點，不能白酒、紅酒、啤酒混著喝。

混飲本就容易醉，在江蓁身上效果更顯著。

今天是她一時大意，自己也沒想到兩杯低度酒還能喝醉了。

偏偏她喝醉的表現又挺清奇，不哭不鬧，不睡不笑，就是會短暫降低智商。

簡單地說，就是腦子不好用了。

季恆秋撓撓眉毛，正發愁，就見江蓁跳下凳子，拿起包似乎要走。

她往前檯走，季恆秋也站了起來，跟在她身後。

今天她穿了平底鞋，兩個人差了少說也有十七八公分，一前一後，一個身型嬌小，一個高大頎長。

這幅畫面乍一看像大灰狼尾隨小紅帽，但仔細一品，又有點像老父親放心不下女兒，一路跟隨護送。

嘖，真是父愛如山，無聲卻沉重。

江蓁掃碼輸入數字時，季恆秋死死盯著她的手指，生怕她一個手抖眼花多打一個零。

裴瀟瀟取出收據遞給江蓁，道了句：「歡迎下次光臨。」因為老闆就站在旁邊，她說得格外親切，笑得格外甜美。

江蓁接過收據隨手塞進包裡，走之前還記得去陶婷那桌打聲招呼。

季恆秋一直跟在她身後不遠不近的距離，除了臨走前她突然對桌上的眾人鞠了一個九十度的躬引得大家紛紛表示使不得使不得以外，一切還算順利，沒出什麼岔子。

走到門口，儲昊宇挺有眼力地過來問季恆秋：「哥，要我跟去看看嗎？」

他剛起步要走，季恆秋伸手攔住他，說了句：「不用。」

話音剛落就自己推開木門出去了。

耳邊突然沒了嘈雜聲，置身於空曠安靜的黑夜，季恆秋深呼吸一口氣。

夜深露重，晚風習習，梧桐葉子鋪了滿地。

季恆秋左右張望了一下，看到江蓁的身影後大步流星追了上去。

還是一樣，保持不遠不近的距離。

江蓁沒往公寓那個方向走，這多少讓季恆秋有些不滿。

大晚上的喝醉了還一個人亂跑，太沒安全意識了。

小巷的路燈昏昏，誰家的狗吠了一聲，驚擾了安靜的長夜。

江蓁步伐緩緩地走到巷子口，在一家雜貨店前停下。

季恆秋站在二十公尺外的地方，看著她彎腰趴在冰櫃上，挑挑揀揀好一陣才確定一根冰棒和門口阿公結帳。

買完冰棒江蓁拆開包裝袋，邊吃邊往回走。

白日天氣晴朗，入夜後溫度陡然降了下來。

江蓁吸著冰棒，夜風一吹忍不住打了個哆嗦。

走著走著江蓁突然又停了下來。

她從口袋裡拿出手機，舉高對著手裡的冰棒拍了一張，然後在螢幕上一陣敲敲打打。

鬼使神差的，季恆秋也拿出手機，解鎖螢幕點開動態。

『這棒棒糖好冰！』

下面的配圖是一根已經被啃了一半的冰棒。

季恆秋冷笑一聲，收起手機嘆聲氣。

他就不該對一個喝醉酒的智障抱有什麼期待。

江蓁舔完一根冰棒，正好走到公寓樓下。

季恆秋站在路燈下看著她上了樓，兩三分鐘後二樓客廳亮起燈光，他轉身起步離開。

沒走兩步口袋裡的手機響了，季恆秋按下接聽放在耳邊。

電話那頭程澤凱火急火燎地朝他喊：『你人呢！到現在還不回來？』

季恆秋這才想起來，這兩天客人多，晚上程澤凱在廚房幫忙，剛剛他說出去抽根菸，後來索性坐下喝了杯酒。

到現在都快過去一個小時了，把程澤凱一個人丟後廚，他肯定忙翻。

負罪感襲來，季恆秋加快腳下的步伐，回他：「快到店裡了。」

程澤凱催他：『趕緊給我回來！老子真忙不過來了！』

季恆秋輕笑一聲：「你不是還有空打電話給我。」

程澤凱的分貝因憤怒又升了兩檔：『季恆秋，你是廚子還是我？』

季恆秋把手機拿遠了一點，對著話筒說：「我是老闆。」

說完就把電話掛了，隱約聽到程澤凱破口大罵。

季恆秋突然心情大好，哼著不成曲的調邁著大步趕回酒館。

夜深了，突然又來了幾波吃宵夜的客人，後廚裡程澤凱忙得腰疼背痛手抽筋。

服務生儲昊宇進來幫忙，讓裴瀟瀟先兼顧招待客人。

程澤凱把鍋裡的烏龍麵裝盤，嘴上不忘吐槽沒良心的季恆秋：「你說他像話嗎？」

儲昊宇連連搖頭：「不像話不像話。」

程澤凱繼續碎碎念：「我說再招個廚子，他說不喜歡和別人共用廚房。每天一到十二點就走人我也沒說過什麼。自己是老闆從來不管事，悶在後廚也不出來見人。那行啊，你倒是給我乖乖把飯做完再出去悠哉啊！」

儲昊宇擦著盤子，隨口接過話道：「其實也不是悠哉，秋哥送客人去了。」

程澤凱停下手中的動作，聽到這話覺得稀奇：「他？送客人？哪個？」

儲昊宇老實回答：「一個美女，好像有點喝醉了吧，秋哥就跟出去看看了。」

「美女？」

儲昊宇用力點點頭，眉飛色舞地分享：「嗯，很漂亮，我剛剛看他們在吧檯還聊上了。我說我去送，秋哥不讓，非要自己去。」

程澤凱挑了挑眉稍，一改怒容，臉上泛起頗具深意的笑，「哦謔，老樹開花。」

第六杯調酒

第二天江蓁照常醒來，全身脫力犯懶，哼哼唧唧一陣子才起床。

她喝醉酒，不會斷片，幹過什麼事細細一回想都能記起來。

此刻蹲在廁所，江蓁隨手翻看動態，腦海裡的碎片一點一點拼湊起來串成一條完整的記憶鏈。

昨晚她在酒館喝酒，一不小心又喝多了，結帳走人之後覺得口腔裡殘留一股酒味很難受，想去買根棒棒糖吃。

至於為什麼棒棒糖買成了冰棒，她那個時候腦子不在身上，這就不得而知了。

江蓁不敢看底下的留言，直接選擇刪除動態。

只要她當作不記得，這件事就沒發生過。

都是什麼事啊，江蓁撐著腦袋懷疑人生，她這輩子喝醉酒的次數屈指可數，短短半個月連續栽兩次跟斗還能摔在同一個地方。

江蓁胡亂揉了把頭髮，心情沒來由的煩躁。

很快讓她更崩潰的事情就來了。

江蓁發現自己生理期整整提前了一週，原因很可能來自昨天晚上那根冰棒的刺激。

說不清是不是心理作用，腹部的扯墜感愈來愈清晰，江蓁捂著肚子痛苦地皺起臉。

宿醉的頭疼再加生理期痛經，江蓁覺得自己快四分五裂，好像有人一拳一拳打在她身上，持續悶鈍地疼。

她草草洗漱完，整個人實在是沒精神，又爬回了被窩。

江蓁裹著被子，蜷縮成一團，隨手拿了個枕頭捂住肚子，希望用睡眠逃避疼痛。意識很快昏沉發白，江蓁又斷斷續續做了幾個雜亂不成章的夢。

再次醒來外頭已經是夜幕低垂，她昏睡了整整一天。

眼睛睜著，但腦子是糊塗的，睡得太多有些頓了。

腹部的疼痛沒強烈到無法忍受，但也沒辦法忽視。

也許吃點東西會好一點，江蓁躺在被窩裡，伸出一隻手摸到枕邊的手機。臥室裡漆黑一片，只有手機螢幕散著螢光照在她的面孔上。

她調低亮度，瞇著眼睛想幫自己點份外送。

生理期本就胃口不佳，再加上一天沒吃東西了，此刻翻著選單裡的麻辣燙、串串香、炸雞，江蓁只覺得油膩反胃。

挑了半天也沒找到想吃的，江蓁洩氣地放下手機，突然有點想念她媽煮的白粥——曾經被她嫌棄寡淡沒味的白粥。

人一生病就會特別脆弱。腹部的撕扯拉墜持續不斷折磨她的神經，江蓁縮在最能給她安全感的被窩裡，側過身子把臉埋進枕頭，一瞬間鼻酸紅了眼眶。

小女生這個詞在江蓁身上似乎從來沒出現過。

從小到大她一直自信、開朗、外向，比同齡人更早熟更知世故，再加上漂亮明豔的長相，很容易從人群中脫穎而出，成為極亮眼的存在。

江蓁雖然個子不高，但身上的氣質一向是有些強勢和壓倒性的，她極少露出脆弱的一面，甚至在她身上看不到太多消極的情緒。

這樣的人強大慣了，會對自己要求越來越嚴苛，近乎逞強，不肯服軟不會認輸。

一年多前毅然辭職孤身一人跑來申城，這個決定看似勇敢果斷，但只有江蓁知道她當時賭氣的成分多，根本沒經過深思熟慮。但在申城遇到的挫折再多，江蓁心裡再煩再累，也沒抱怨一句。

抱怨了就顯得自己後悔了，她不讓自己後悔，錯了也要硬著頭皮走下去。

她就是這樣一個人，意氣用事，逞強嘴硬，有時候自信過了頭，有時候鋒芒太刺眼。

江蓁把自己悶在枕頭裡，直到快喘不過氣才翻了個身。

情緒來得快散得也快，眼角濕潤，江蓁抹了一把，一鼓作氣起身下了床。

她洗了把臉，燒了壺熱水。

搬家之後很多東西一直沒補上，她找了半天也沒找到止痛藥。好在附近有個二十四小時藥店，江蓁打算出去買藥，順便找點吃的墊墊肚子。

她沒換睡衣，隨便套了一件外套拿了手機出門。

走出公寓，脖子上淋到一滴冰涼的水珠，江蓁往回縮了一下，才意識到下了雨。

雨勢不大，雨點落在皮膚上冰冰涼涼的。

要是平時她乾脆冒雨走了，但現在在特殊時期，江蓁只好返回上樓去取傘。

打開門口的櫃子看到一把陌生長柄傘時，江蓁愣了一下。

她皺著眉想了一下才記起，這是好幾天前，有次下雨，酒館外面的男人借給她的。後來被她隨手放進櫃子裡，竟然一直忘了還。

江蓁取出長柄傘，握在手裡關門下樓。

夜空蕭索，細雨如絲。

江蓁走在寂靜無聲的街道上，冷風吹拂，她將領口提高遮住下半張臉。

在藥店買好止痛藥結完帳，江蓁又去隔壁超市買了麵包和牛奶。

她把溫熱的牛奶瓶放在衣服前口袋裡，正好能捂著肚子，暖呼呼的，緩解部分疼痛。

買好東西，江蓁撐開傘，步行回家。

走到酒館門口，看屋裡還亮著燈光，江蓁猶豫了一下，邁步走了過去。

她知道 At Will 每週日店休，也許是連假期間今天也照常營業了？

熱乎的飯菜總比牛奶麵包好，她走到屋簷下，收了傘，推開木門探身進屋。

和往常不同，酒館大堂裡空無一人。

她一邊往裡走，一邊試探著朝裡頭喊：「有人嗎？」

後廚響起動靜，垂布被掀開，走出來一個穿著黑色無袖T恤圍著半截圍裙的男人。

是邱老闆。

江蓁朝他微微笑了一下，有些尷尬。

前腳義正辭嚴說完自己不是酒鬼，又當著人家的面喝醉了。

心中的小人默默捂住臉，打得太疼了。

季恆秋先開口問她：「來吃飯？」

江蓁「嗯」了一聲，張望一下大堂，問他：「現在做嗎？」

季恆秋沒立即回答，不露痕跡地上下掃了眼前的人一眼。

剛剛乍一看，他其實沒認出這是江蓁。

穿著睡衣，頭髮隨意地披散著。沒化妝，和平時的差別倒是不大，但她皮膚白，整個人顯得沒什麼氣色，病懨懨的。

今天不營業，下午程澤凱的朋友送來兩大箱柿子，一箱分給員工們了，另一箱他今年想試試自己做柿餅。

晚上酒館沒人，正好一個人安靜地做。

季恆秋的視線落在她手裡的塑膠袋上，上面寫著藥店的名字。

「冰箱裡只有餛飩，下一碗給妳，吃嗎？」

江蓁眼睛亮了亮，圓圓的像小狗一樣，她揚起笑點點頭：「吃！」

男人回了後廚，江蓁拉開吧檯的椅子坐下。

口袋裡的牛奶被她拿出來，打開瓶蓋小口小口喝著。

外頭下雨降了溫，也許是因為大堂空曠，燈光又昏暗，屋子裡似乎更潮濕陰冷。從前檯和後廚連接的小窗口，江蓁看見男人忙碌的身影。

她跳下高腳凳，抱著牛奶瓶走到後廚，也不說話，就靠在門邊看著。

後廚比外頭暖和多了，江蓁一小步一小步往裡面挪，不打算走了。

鍋裡下著餛飩，中間那張大流理臺上擺著一堆柿子，看來他剛剛一直在忙這個。

江蓁插著口袋看著看著，視線就從柿子跑到別的地方去了。

她穿著外套都嫌冷，男人卻只穿著一件無袖T恤，露出的手臂線條勻稱緊繃，肌肉不誇張，但看起來健壯有力。

江蓁默默挑了挑眉點著頭，身材還挺不錯的。

她不自覺往前走了兩步，帶著好奇開口問：「這是在做什麼呀？」

柿子被削了皮，保留葉柄，用繩子穿過打好結，一段能綁七八個，再放外頭架子上掛起，晾曬月餘，風乾後密封保存，等凝結出一層糖霜就可食用了。

季恆秋現在做的步驟是串繩，熟練之後速度就快了，他俐落綁好一顆柿子，抬頭回答她：「柿餅。」

江蓁的嘴巴形成一個O，她驚訝道：「原來是這麼做的啊。」

頓了頓又感嘆一聲：「好神奇！」

季恆秋依舊是那副冷冷清清的樣子，沒給什麼反應。

等綁好一串，季恆秋抓著時間，鍋裡的餛飩應該好了。他放下柿子洗了把手，回到灶臺邊打開鍋蓋，用勺子舀了舀，餛飩皮已經煮的晶瑩半透。

季恆秋關了火，拿了一個大碗將餛飩盛出鍋。

碗裡少說也有個十五六顆，江蓁倒吸一口氣，擺擺手說：「我吃不了這麼多的。」

男人抬眸看她一眼：「還有我的份。」

「哦。」江蓁訕訕笑了笑，幫自己挽回面子，「我說呢，原來你也吃啊。」

季恆秋又拿了個小一號的碗，盛之前象徵性地詢問了一句：「能吃多少個？」

江蓁斟酌了一下：「八顆吧。」

也許是一天沒吃東西了，聞到麵湯香味江蓁的肚子咕嚕叫了兩聲。

一碗薺菜鮮肉餛飩，湯底鮮香，餡料扎實飽滿，最後撒上紫菜、蛋皮和蝦米豐富顏色和口感，很有老申城風味。

季恆秋把兩碗餛飩端到大堂的桌子上，開動前先問江蓁：「要蘸醬嗎？」

難堪回憶頓時湧入頭腦，江蓁緊繃著搖了搖頭：「不用，我不吃辣。」

她的反應讓季恆秋也想到了什麼，嘴角微不可見地勾了勾。他轉身回廚房，用小碟子裝了一勺香菇牛肉醬作蘸料。

緣分有的時候就是這麼奇妙。

江蓁怎麼也不會想到有一天會和面前這個男人在深夜十點一起吃碗餛飩。

男人不多話，安靜地進食。

江蓁先舀了一勺湯喝，鹹淡適宜，鮮香在味蕾上跳躍，她滿足地發出一聲喟嘆。

胃口打開，她兩口一顆餛飩，真餓了，吃得有些急。

八顆餛飩是她平時的飯量，胃裡填了東西，生理期的不適似乎也緩解很多。

最後一顆餛飩嚼完，江蓁還有些意猶未盡。

飽是飽了，但還想再吃。

她叼著勺子，喊「邱老闆」。

男人抬起頭：「嗯？」

江蓁雙手放在胸前，身體前傾，笑嘻嘻地問：「鍋裡還有嗎？」

下餛飩的時候季恆秋預估了數量，一共二十四顆，他碗裡十六，鍋裡自然是沒了。

碟子裡還有最後一顆餛飩，他抬手刮了刮下顎，用勺子舀起遞過去，有些猶疑地問：

「要麼？」

「要！」江蓁捧高自己的碗，接過最後一顆餛飩。

那上面蘸了醬，江蓁嘗了一口眼睛都亮了：「這什麼醬，好好吃。」

季恆秋收拾好自己的碗筷，等著她吃完，隨口回答：「香菇牛肉。」

江蓁：「哪買的？」

季恆秋：「自己做的。」

江蓁「哇」了一聲，聽起來像拍馬屁但確實是由衷感嘆：「你怎麼什麼都會做？」

季恆秋撓撓眉梢，不太確定地說：「因為我是個廚子？」

這話不知道哪裡戳中了江蓁的笑點，她哼哧哼哧自己一個人樂了一陣子。

季恆秋收拾了碗筷回後廚，江蓁喝著杯子裡剩下的牛奶，心滿意足地打了個嗝。

吃飽喝足，痛經也緩和許多，心情自然跟著好了起來。

季恆秋不喜歡洗碗，扔水槽裡就不想管了，等明天裴瀟瀟上班了她洗。

他繫好圍裙，拿了抹布出來擦桌子。

江蓁從口袋裡掏出手機，對他說：「老闆結帳。」

「不用，早點回去休息吧。」季恆秋俐落擦完，轉身走了。

江蓁趕緊跟著過去：「那我多不好意思啊。」

這事還真不是季恆秋客氣。今天不營業，換了別人他肯定懶得忙。但剛剛看江蓁精神不振，手裡又拎著藥，他想下一碗就下一碗吧，他也正好跟著吃點。

季恆秋洗了手，剛想抬頭再說什麼，就看到江蓁走了進來，指著桌上的罐頭說：「這就是剛剛那醬？」

季恆秋點點頭。

江蓁拿起瓶子，打開蓋湊上去拱著鼻子嗅了嗅：「好香，聞起來好下飯。」

季恆秋看著她像小狗一樣的動作，抬手撓撓眉毛。

他不太會和別人打交道，這個時候是不是該說「喜歡的話就送妳了」？

於是季恆秋一揮手說：「送妳了。」

江蓁蹭一下抬頭，眼瞳烏黑，眼眸亮晶晶的：「真的嗎？」

最後的結局是嘴上說著不好意思的江蓁臨走前又順了一瓶醬。

走到門口，她拿起門邊的傘，突然動作一頓，恍惚間意識到什麼。

江蓁看了看手中的傘，又轉頭望向屋裡。

黑色T恤、棕色圍裙，無論是看身型還是聽聲音……那天借給她傘的人，是不是就是邱老闆？

越想越覺得是，江蓁顛了顛傘，突然有些感慨。

這個人外表說不上多英俊，但又酷又帶著點成熟男人獨有的魅力。總是穿著黑色衣服，面無情緒，冷冷清清，看起來不好接近，眉骨上還有一條來歷不明的疤。

但是他說話做事又很正，性格冷，卻不架著不端著，不會讓人排斥，不會讓人覺得有壓迫感，有的時候還挺暖的。

總的來說，是個好人。

江蓁琢磨了一下，收回思緒，走之前又往裡頭看了一眼，才撐開傘步入雨中。

四天的小長假一晃就過，也許是前一天睡太多，凌晨兩點睡的江蓁清早七點就醒了。難得早起，離上班還有一段時間，她起床洗漱完，起了興致要去吃早點。

早上七八點是這條巷子最熱鬧的時候，各式各樣的早餐鋪霧氣蒸騰，上班族或學生步履匆匆穿過大街小巷。

喝一碗醇香的豆漿，再配一個飯糰，申城人的一天就此開始。

江蓁在王叔那排隊買了飯糰，又在隔壁早餐店挑了個空位坐下，簡陋的塑膠桌椅，但收拾的很乾淨。

老闆娘看她面生，笑意盈盈地問她：「小妹妹，吃點什麼？」

江蓁說：「一碗豆腐花。」

老闆娘拿了空碗舀了一勺白嫩的豆花，又問她：「香菜吃不吃？」

「吃，都吃的。」

申城的豆腐花是鹹的，一勺醬油，撒上榨菜、蝦米、紫菜、蔥花和香菜碎，豆腐口感順滑，湯汁鹹香四溢。

江蓁喝了一口豆花，舌上沾了味，胃口被打開。她打開塑膠袋，咬了一口飯糰，還熱著呢，軟彈的米飯包裹酥脆的油條，最簡單的兩樣食物組合在一起的口感豐富而美味。

一碗豆花喝完，飯糰還剩小半個，江蓁打了個飽嗝，覺得今天的午飯應該是吃不下了。人一吃飽就不願意動，想找個地方癱著。

江蓁坐在公車站臺，伸了個懶腰。上班時間還很寬裕，她看這輛公車人太多，索性繼續坐著等下一班。

目光隨意在街道上流轉時，她看到街對面有個在晨跑的年輕男人。

滿街都是買菜或散步的老大爺、老大媽，要麼就是哈欠連天的上班族、學生。視線中突然冒出這麼一個活力元氣的運動男青年，江蓁的目光自然被吸引跟隨上去。

那男人看起來個子很高，身材健壯，背脊挺拔，穿著一身黑色運動裝，外套的帽子兜住了腦袋。

看不太清臉，但憑直覺江蓁也覺得那人肯定長得不賴。

遮擋視線的轎車駛過，她才看到原來男人身後還跟了隻黃金獵犬，正吐著舌頭歡樂地搖尾巴。

一人一狗，一前一後，男人跑的速度不快，黃金獵犬始終乖乖跟在他身後。

江蓁撅起嘴吹了個沒聲的口哨，也不知道跟誰學的，一看見帥哥就想吹口哨，還吹不響。

在這美好的週一早上，這幅畫面太賞心悅目了。

直到男人和黃金獵犬在視線中澈底消失，江蓁才意猶未盡地收回目光。

正好公車到了，她跟隨人流上車，在靠窗的位子坐下。

車子發動之前，江蓁拿出手機，鏡頭對準窗外的街道拍了一張。手一抖有些糊，但這麼若實若虛還挺有氣氛。她把這張照片上傳動態，配字——「鬧鐘叫不醒週一早上的你，但是帥氣的男人可以。」

常言道不崩潰的週一都不配叫週一。

一上午，辦公室裡咖啡味瀰漫，除了鍵盤打字聲就屬此起彼伏的哈欠聲最大。虞央最後選擇了靈秀，其實大家都預料到這個結果，但一想到被拖了這麼多天，心裡多少有點不爽。

代言人不儘早定下來，後續的工作都會跟著延期。早會陶婷把他們嚴厲痛罵了一頓，也挺好，正好提提神醒醒腦。批評完之後陶婷長嘆一口氣，無奈和失望都擺在臉上。大家低頭噤聲，沒人敢發出動靜。劉軒睿的哈欠硬生生忍住，瞪著眼睛抿著嘴差點憋出病。

陶婷原本就是品牌部出身，代言人的工作她接觸過很多，知道他們現在的難處是什麼。發完脾氣就該好好想怎麼解決問題，陶婷緩和了語氣，指點了兩句：「不要總是把目光聚集在當紅的女明星上，自身帶了流量是好，但也不一定非她們不可。花園裡最醒目的那朵不一定是最漂亮的，有些花被樹葉遮擋，需要你們去找出來。」

多的她不再說了，聰明的一聽就能悟出來。

散會的時候陶婷叫住江蓁，讓她等等到辦公室一下。

江蓁乖乖拿了本子和筆去了，坐在椅子上態度好得不行。

想起前兩次她的劍拔弩張氣勢洶洶，這下對比顯著，陶婷不動聲色地勾唇笑了笑。

脾氣衝是衝，但一打磨就能乖順，也就這種時候看著討喜一點。

開口說話之前，陶婷先遞給江蓁一份文件。

江蓁打開封面，發現是一封品牌推廣大使的擬定合約，而合作的對象正是 Kseven。

「這什麼意思？」江蓁疑惑。

陶婷回答說：「眼影盤在耶誕節發售，妳上次那個提案，我看改改用在這上面不錯。」

那套眼影盤一共三個色系，每盤九個顏色，可以日常清純少女，也可以成熟御姐，就算是夜店妝亮片也夠閃，實用性很高。

江蓁，典型的得了便宜還賣乖，她一邊假模假樣翻著合約，一邊忍不住陰陽怪氣道：「您不是說在您這裡想都別想嗎，怎麼又決定要和我們王團合作了？」

陶婷皺起眉：「王團？」

江蓁指指 Kseven：「他們的花名，『王』，粉絲都愛這麼喊。」

陶婷翻了個白眼，一臉嫌棄：「什麼亂七八糟的。」

她抱著手臂，好整以暇地看著小人得志的江蓁：「看來連假四天，妳從打擊裡澈底恢復了？」

江蓁眨眨眼睛，小聲反駁：「我也沒怎麼受打擊。」

陶婷只當她不願意承認：「那還哭的嗓子都啞了？」

江蓁張了張嘴想為自己解釋，但總不能說「那是因為我醉的不省人事生吞魔鬼辣」吧？

算了，誤會就誤會吧。

她合上資料夾，站起身畢恭畢敬朝陶婷鞠了個躬：「謝謝主管！」

陶婷揮揮手：「忙去吧。還有，代言人的事妳也幫忙留意一下，有空多幫幫B組。」

江蓁這時候也沒什麼芥蒂了，爽快答應：「行！」

下班之前宋青青和江蓁坐一起討論了一下，列出幾個合適的人選，都是外貌和口碑不錯的小花，之前因為本身熱度不夠就沒放在考慮範圍內。

除了代言人的事，Kseven 那邊她也要著手準備起來。耶誕節新品是公司留的後手，假如這一次的產品發售一切順利，是錦上添花，確保萬無一失。假如代言人出了問題，回饋不夠理想，那作為品牌大使的 Kseven 就是絕地反擊的底牌。

在短期內發表兩個產品是個不小的挑戰，這個秋天註定要在忙碌中匆匆度過。

下了公車，街道安靜，路燈昏昏，江蓁邁著輕盈步伐前往那棟燈火通明的小屋。

任他俗世非非，日後再去煩憂，現在她要前往她的溫柔鄉，一醉解千愁。

手機鈴聲響起時，江蓁剛坐下點完菜。

看著螢幕上熟悉的名字，江蓁立刻按下接聽把手機放在耳邊。

「喂。」

『喂，幹嘛呢？』電話那頭傳來熟悉的聲音，對方似乎在走路，喘氣聲有些重。

江蓁嘴角泛起笑意，語氣柔和地回答：「我剛下班，吃飯呢。」

『一個人啊？』

「不然呢？怎麼，我們大科學家忙完啦？」

電話裡傳來笑聲：『那群老頭囉哩吧嗦，本來前天就能出研究室的。妳看我多愛妳，剛換下衣服就打電話給妳了。』

江蓁裝作不屑地「嘁」了一聲，嘴角的笑卻揚得更長。

打電話給她的人叫陸忱，江蓁為數不多的朋友。

陸忱性別女，比她大一歲，個子卻整整比她高了十三公分。兩個人從國中開始就是同學，到了高中一個讀文組一個讀理組。若說江蓁是學霸，那陸忱就是實打實的神。

大學研究天體物理，碩士畢業後被一個德高望重的老教授看中跟著進了西北的研究基地，現在一邊讀博士一邊在研究所實習，妥妥的國之棟梁。

工作原因，陸忱經常連續好幾個月聯絡不到人，兩人一年裡見不上幾次面。

但所謂soulmate，是靈魂上的契合，無所謂這些，也用不著特地維護感情，關係一直好著呢。

陸忱上次打電話給她是一個月之前的事了，短短幾十天江蓁的生活天翻地覆，但真要總結起來就一句話：「我搬家了，還和周晉安分手了。」

電話那頭『啊』了一聲，陸忱擔憂地問：『蓁兒，沒事吧？』

「還行吧，失戀也就這樣，沒多大感覺。」

她用不著和陸忱逞強，說沒事就是真的沒事了。

陸忱不會安慰人，心思也粗，她生硬地試圖轉個話題：『啊，那個，怎麼樣，中城帥哥是不是挺多的？最近有沒有豔遇啊？』

酒端上來了，冰鎮的青梅酒，江蓁抬起杯子抿了一口，入口酸澀清爽。她咂咂嘴，美滋滋地說：「那當然了。」

如果單方面的短暫crush也能算豔遇的話，剛搬家那時在樓梯裡扶住她的好心鄰居、房東大頭照上那隻搭著黃金獵犬幼犬的手、還有今天早上偶遇的晨跑男人……

這麼細細一回想，她最近心動的次數還挺多，儘管都是轉瞬即逝，只發生在當下。

陸忱『喲』了一聲，玩笑道：『妳這語氣，遇到新歡了？』

像受到某種感應，江蓁突然抬起頭，鬼使神差地向後廚看去。

而恰好這個時候垂布被掀開，穿著黑色T恤的男人走了出來。

——哦，還漏了一個。

大堂喧喧嚷嚷，他們的視線隔著人群碰撞在一起，竟然誰都沒有先挪開，就這麼安靜地對視許久。

空氣碰到冰涼的杯壁轉化為水珠，沾濕了江蓁的指腹。一顆青梅沉在杯底，酒意微醺。

有那麼一瞬，陷入男人黑濃的眉眼，江蓁差點想說：「對，遇到新歡了。」

『江蓁？江蓁？』遲遲沒聽到回答，陸忱還以為是大西北的訊號又出問題了，她拍拍聽筒，又『喂』了兩聲。

江蓁恍然回神，倉促地收回目光：「啊？啊，我剛剛想事情呢。」

剛剛盯著人家那麼坦然直接，一挪開視線她突然害羞起來，餘光瞥到男人往前檯走了，江蓁不自然地捋捋頭髮，也不知道自己在這亂緊張什麼。

陸忱在電話裡說：『老師喊我去吃飯了，蓁兒，先掛了啊。』

江蓁：「行，妳快去吧。」

放下手機，正好菜也上桌了。

一碗臺式滷肉飯，配料很簡單，滷肉、青菜，再加一顆水煮蛋。

滷汁浸透米飯，醬香濃郁。五花肉經過烹調，肥瘦適中，豐腴而不油膩，入口香滑綿軟。

江蓁嘗到第一口時，眼前的世界都增色靚麗了幾分。

美食治癒心靈，最基礎的口腹之欲被滿足，生出無限幸福感。

一碗飯吃的乾乾淨淨，江蓁放下勺子，把杯子裡的酒也喝完。

她借著手機黑螢幕摸摸自己下巴，是不是圓潤一點了？

沒辦法，最近吃太好了。

結帳時江蓁把那把長柄傘也放在了前檯，附帶一張紙條，請收銀的女生轉交給他們老闆。

不知道為什麼，江蓁總覺得那女生看自己的眼神有點……八卦意味？

面對女生眼裡呼之欲出的好奇，江蓁不動聲色地移開目光，微微頷首，再次道了聲「麻煩了」。

女孩熱情地和她揮揮手：「不麻煩不麻煩，您慢走！」

走出兩三步，江蓁又停下，折返回來，她問前檯女孩：「你們店裡，主廚就是老闆，對吧？」

女生回答說：「對，我們老闆就是主廚。」

「菜都是他做的？」

「通常來說都是他做。」

江蓁若有所思地點點頭，朝女孩微笑了一下，轉身離開酒館。

走在路上，她捧著手機，螢幕上停留在和程澤凱的聊天室，編輯欄裡一行字『方便的話，能把你們店裡的主廚的聯絡方式給我嗎？』

為這一行字，江蓁咬著指甲猶豫了半天。

再果斷乾脆的人都有躊躇不決的時候，江蓁無數次想心一狠按下傳送鍵，手指就是怎麼都觸不到螢幕。

拇指往下又收回，反反覆覆好幾次，江蓁揉了把頭髮，心裡煩躁地對空氣一頓拳打腳踢。

風颳著樹葉沙沙地響，江蓁長舒一口氣冷靜下來，突然像是如夢初醒。

要了聯絡方式又能怎樣呢？

一個是老闆一個是客人，一個是主廚一個是食客。

他們相遇的地點只可能在酒館，除此以外毫無交集，他甚至不屬於她的社交範圍，要聯絡方式完全沒必要。

難道妳還真看上人家了嗎？

江蓁晃晃腦袋，在心裡否定這種可能。她重新拿起手機，想退出和程澤凱的聊天室，卻不料夜風一吹她一抖，手滑點到了傳送鍵。

5G網路讓她眼睛都沒來得及眨，訊息就被成功傳送。

江蓁尖叫一聲，手忙腳亂地按下收回。

呼——好在科技不斷進步，也在不斷人性化。

季恆秋從後廚出來是想找周明磊，程澤凱剛剛打電話來，說他那邊在忙，抽不出身去接程夏。

他前腳剛走到吧檯，身後陳卓就跟了過來。

陳卓這兩天換髮色了，弄了個粉毛，季恆秋看一次覺得刺眼一次。

陳卓賊兮兮地湊近季恆秋，用手擋著嘴小聲說：「哥，告訴你一個好消息。」

季恆秋狐疑地看他一眼。

陳卓勾起一邊嘴角，低著聲音卻壓不住語氣裡暗藏的激動：「美女姐姐剛和男朋友分手，現在正好空窗期，你抓緊把握！」

他剛剛在吧檯，表面上一本正經認真調酒，其實偷偷豎著耳朵把江蓁打電話的內容一字不落聽了，趕緊來貢獻情報。

季恆秋擺出看智障的表情，全當他哪根筋搭錯了。他喊了聲周明磊，把車鑰匙遞過去：「去接一下小夏，他爸在忙沒空。」

「行。」周明磊接過鑰匙就往外走，小孩八點下課，這時已經七點多了。

走之前他伸手掐了掐陳卓的後脖頸，叮囑他：「好好上你的班，別在這胡說八道。」

陳卓不樂意了，拍開他的手：「我沒胡說八道。」他轉向季恆秋，說：「你剛剛不還和人暗送秋波麼？」

季恆秋眼神閃了一下，移開目光，冷著臉不理他。

陳卓插著口袋，得意地挑挑眉：「昊宇都跟我說了，你那天和人家相談甚歡，還送人家回家了。」

季恆秋停下腳步，拖長尾音「哦」了一聲，原來是儲昊宇這小子。

除了來兼職打工的，店裡的長期服務生只有楊帆和儲昊宇。

兩個小夥子年齡差不多，性格卻是兩個極端。

一個老實，一個古靈精怪還嘴碎愛八卦，要是能綜合綜合就好了。

季恆秋在心裡記了儲昊宇一帳，掀開垂布回了後廚。

陳卓追著他喋喋不休：「秋哥，那姐姐是真不錯，你可要認真點啊。」

季恆秋不耐煩地「嘖」了一聲，拎著他衣領把人趕出去：「別亂說，沒有的事。」

在季恆秋這裡撬不到什麼消息，陳卓覺得沒趣，回了吧檯，在群組裡劈里啪啦激情打字。

這群組是酒館的工作群組，員工們都在裡面，季恆秋也在，但他除了逢年過節發個紅包，從來不看訊息也不加入聊天，所以陳卓放心大膽地開始分享八卦。

陳卓：『（得意）最新情報，秋哥和美女酒鬼眉目傳情暗送秋波，兩個人對視了有那麼個十七八九秒。』

儲昊宇：『我就說他們有情況！』

裴瀟瀟：『我靠，什麼時候開始暗度陳倉的！誰來和我說說！』

楊帆：『（偷笑）。』

陳卓：『@楊帆，是不是上次辣醬那事？我覺得是。』

儲昊宇：『什麼辣醬，我怎麼不知道？』

程澤凱靠在窗戶邊，手裡一根菸燃了半段，他抖抖菸灰，拿起吸了一口。

奶白色煙霧繚繞，他拿著手機，翻著歷史訊息一則一則看過去。

酒局他參加的多，就怕遇到愛勸酒的，他再圓滑也有招架不住的時候。剛剛被人灌了好幾杯，這時頭昏沉沉的，發暈，胃裡也不舒服，找了個藉口出來抽根菸緩緩神。

醉倒是沒醉，他饒有興致地看著酒館裡那群小孩聊八卦，偶爾被逗樂笑出聲。

瀏覽完，他退出聊天，撥了個電話給季恆秋。

那頭很快接起：『喂。』

程澤凱問：「喂，接到夏兒了沒？」

季恆秋大概是開著擴音，聲音聽起來有些遠：『周明磊去的，現在應該到家了。』

「哦，行。」

見他一直不說話又不掛電話，季恆秋問：『還有事啊？』

程澤凱笑了兩聲，把菸滅在窗臺上：「上次問你還說沒印象，和江蓁怎麼開始的？」

上次儲昊宇和他說完，程澤凱留了個心眼，稍微一打聽，就知道陳卓他們嘴裡那「美女酒鬼」是誰。

挺好的，不枉他費心費力跟女團海選一樣在眾多房客裡看中了江蓁。

老爺子以前總和他說，他和季恆秋，性格都是獨來獨往的，但一個是灑脫，自由自在不愛被人管，一個是孤獨，身邊的人都離他而去，從此自己也不再期待什麼了。

程澤凱再怎樣，身邊還有一個程夏。他不想看著季恆秋真這麼孑然一身過一輩子，幾年後土豆再走了，季恆秋就真的是個可憐的小老頭了。

一個漂亮優秀的女孩放在樓下，其實他也沒有一定要兩個人發生什麼故事。

當時就是看著合眼緣，覺得這女孩不錯，配他家阿秋挺好的。

現在兩個人還真冒出點小火花，他又開始擔心。

季恆秋老說他最近越來越老媽子，看來沒錯，小兒子、大兒子，心操不完了。

季恆秋給的回答在程澤凱預料之內：『聽儲昊宇亂說的？沒有的事。』

風吹散窗臺上的菸灰，程澤凱轉過身子，背靠在牆上：「怎麼就沒了？人家在大公司上班，長得漂亮，性格又好，你沒點想法？」

電話那頭沉默了一下，季恆秋低沉暗啞的聲音才傳來：『她哪裡都好，所以配我可惜了。』

程澤凱動動嘴唇，半晌嘆了一聲氣，說：「阿秋，不要吝嗇愛，也不要恐懼愛。」

季恆秋淡淡『嗯』了一聲，也不知道有沒有聽進去。

掛了電話，程澤凱放下手機，想關上螢幕的時候，看到一則新的訊息彈出，他反射性點進去，切換到聊天，卻發現只有一句「對方收回了一則訊息」。

憑藉剛剛捕捉到的幾個字，程澤凱琢磨了一下，猜測她說的是──「可以把你們店裡主廚的聯絡方式給我嗎？」

哈，驚喜來得太突然，程澤凱摸著下巴，嘴角的笑意掩不住。

他清清嗓子，收斂內心的興奮，點開季恆秋的聊天室，按下語音鍵，語重心長道：「阿秋，相信哥，就她了，上吧，衝呀。」

螢幕上很快出現新訊息。

季恆秋：『你傻了嘛。』

過了一下又來一則。

季恆秋：『醉了就早點回家。』

凌晨十二點，季恆秋解下圍裙準備下班，看今天沒客人再來，他讓大家收拾收拾準備打烊。

「欸，秋哥。」裴瀟瀟叫住他，從桌上拿了一把傘遞過來，「美女酒鬼讓我給你的。」

季恆秋瞄了那傘一眼，原來是在江蓁那，他都忘了，前兩天還在找。

季恆秋沒接傘，說：「就放店裡吧。」

「還有這個。」裴瀟瀟又遞了張便利貼過來，「也是她留給你的。」

季恆秋接過，打開折疊好的紙。

上面的字跡清秀雋麗，一共兩行。

第一行是「謝謝」。

第二行是「我遇到了」。

第七杯調酒

電視劇裡，主角遇到瓶頸期一籌莫展，通常都該有個貴人出現來推動推動劇情發展。

江蓁沒想到，她的貴人竟然是陸忱隨口一句八卦。

陸忱每年一大半的時間都在研究室，一投入到科學研究的世界，她會自動迴避外界一切干擾。而每當結束一個課題，進入短暫的休息期，陸忱就會報復性地開始吃喝玩樂，遊手好閒。

打電話給江蓁時，她正躺在床上，手裡一包麻花，腿上一臺平板，津津有味地滑著一個月來堆積的社群動態。

她興致勃勃分享的那些事早就不是新聞了，江蓁手機開著擴音，一邊幹著自己的工作，一邊有一搭沒一搭地應她一句。

『欸，周以回國啦？蓁兒，妳的老對手現在也在申城。』

江蓁打下一行字，重重敲下輸入鍵，隨口問：「誰？哪個周以？」

陸忱『嘖』了一聲：『就是高中和妳爭校花那個啊！也是文組班的。』

「哦，她啊。」江蓁雙手離開鍵盤，拿起手邊的杯子喝了口水。

她記得周以，高中時英語很好，大學也是學外語，聽說後來出國深造了。

她們的淵源，說起來挺可笑的。

少年人血性方剛，一點就炸。高中時有人為她們兩個誰更漂亮吵了起來，還差點動了手。

這一鬧好比星火燎原，此後周粉、江粉自動抱團，兩邊隊伍日漸壯大，彼此不屑，還在學校表白牆吵過上百樓，頗有如今粉圈吵架的架勢。

年級裡掀起腥風血雨，這兩個女生莫名成了對頭，其實江蓁和周以根本不認識，也沒人想要那校花的頭銜。

說到底，就是這群高中生太閒，作業太少。

難得聽到一個自己不知道的消息，江蓁問陸忱：「她現在在申城做什麼工作？」

陸忱嘿嘿笑了兩聲：『想知道妳們誰過得更好啊？』

江蓁張口否認：「我就隨便問問。」

陸忱一邊嚼著麻花，一邊口齒含糊地說：『她好像在大學當老師呢，欸，這照片上的人不是那個那個，那個誰？』

「誰啊？」

『那個女明星！』

聽筒嘎嘣嘎嘣的清脆聲讓江蓁有些嘴饞，她伸長手臂在零食盒裡搆到一包餅乾：「哪個女明星？」

『名字我忘了，就是前兩年和公司解約，說被老闆ＰＵＡ那個，當時還鬧挺大的。』

江蓁愣了兩秒，反應過來後不自覺提高了聲音：「樂翡？」

『對對對，就她。周以怎麼和她認識的？』

江蓁拿下嘴裡的半塊餅乾扔在一旁，拍拍手上的碎屑在鍵盤上打字：「她回國了？」

『應該吧，是不是要復出了啊？』

等電腦螢幕上頁面跳轉，江蓁滑動滑鼠滾珠飛速瀏覽搜尋結果：「我怎麼查不到她在申城參加什麼活動？」

陸忱笑了笑：『喲，妳樂翡粉絲啊？』

「才不是，有個工作想找她合作。不說了，有事。」不等陸忱回覆，江蓁就無情掛了電話。

一投入工作，江蓁就是打了雞血的新時代女強人。

她點開聊天軟體，傳訊息給宋青青，問問她能不能打聽到樂翡在申城的行程。

自從知道宋青青是個小名媛，有些事情打聽起來方便很多，她身邊不乏有錢有閒、熱衷追星、掌握娛樂圈一手資訊的小姐妹，稍微一問就能知道全部消息，比搜尋引擎還好用。

宋青青很快把問到的聊天記錄分享給她。

樂翡，九五後，外貌在娛樂圈不算出挑，但很有自己的風格，能讓人一眼記住。唱跳女團出身，後來轉型做了演員。

她的人氣不錯，能力強，也沒什麼黑料，性格務實不張揚，還會自己作詞譜曲，很快就收穫了一波粉絲，發展前景可觀。

但是兩年前樂翡陷入和公司的解約風波，她控告老闆黃凱自出道以來就不斷對她進行人格侮辱，出道四年裡她受到種種不公平對待，導致她精神狀況一再惡化，演藝事業也難以再進行下去。

根據樂翡的文字和爆出的錄音，黃凱不僅一再打擊她長得不漂亮，說她不會演戲、唱歌難聽、一直在丟公司的臉，還藉口她不適合劇本角色，把她手頭的資源拿走給了其他藝人。

當時新聞一出來，別說是粉絲，許多路人聽了也於心不忍。

職場PUA的本質就是精神掌控，不斷打擊對方信心，讓其懷疑、否定自己的價值，依仗領導者的權威逼迫對方承受羞辱和欺凌。

這一事件鬧得沸沸揚揚，許多圈中明星為樂翡聲援。

後來樂翡與原公司順利解約後，卻沒急著找下家，而是宣布暫時退圈，去美國學習音樂和表演。她說這是她一直以來的心願，終於有機會可以實現，希望大家能夠理解她的決定，不要太擔心。

走的那天，粉絲們圍聚在機場為樂翡送別，為她合唱了她的出道曲。

一張樂翡在登機口轉身時紅著眼眶的照片，大家齊聲喊了一句「姐姐，我們等妳」，風波至此平息。

這兩年裡樂翡在社群帳號上更新日常動態，不算是完全淡出公眾視野，反倒因為偶爾分享的幾首自彈自唱又吸了很多粉。

按照宋青青打聽到的消息，樂翡在美國學習之餘，成功通過了一個美國導演的試鏡。

電影是一部高科技犯罪片，主角是四位女性，各自身懷絕技，性格迥異卻意外組成了一個團隊。

樂翡要扮演的角色是一個亞裔女駭客，精通電腦，對科技極其敏感。

但因為電影原聲出演，對樂翡的口語要求很高，周以是她聘請的私人老師。

來中城是為了電影的拍攝取景，這將成為樂翡的復出首作。

樂翡原先不在她們的考慮名單上，也是巧了。

江蓁撥了個語音通話給宋青青，按捺不住興奮，手指微微發抖。

「喂，青青。樂翡，我們要爭取樂翡作代言人！」

陶婷讓他們留心被隱藏起來的花，樂翡就是一朵。

風雨侵襲沒有摧毀她，離開聚光燈的兩年裡，花瓣上的傷口隨著時間漸漸癒合，也讓她以更挺拔更堅韌的姿態重新傲然綻放。

在江蓁要她打聽樂翡時，宋青青就猜到了，她回覆說：『好，妳能聯絡到她嗎，我這打聽不到她現在簽了哪個公司。』

「我去試試看，妳先帶著其他人改提案。根據她此前的個人經歷，針對如今的容貌焦慮身材焦慮，鼓勵所有女生都自信勇敢起來。主題就是……」江蓁頓住，抿著唇思考。

宋青青開口道：『杜絕生活中的ＰＵＡ？相信妳的美？』

江蓁否定：「不行，要簡單一點，像一句標語、口號。」

宋青青靈光一閃，說：『「誰說我不行？」妳覺得這句話怎麼樣？』

簡單好記又霸氣，江蓁打了個響指：「就這個！『誰說我不行』。」

要不是考慮到品牌形象，她覺得還可以再加一句。

──「說我不行的都傻子。」

臉皮這種東西，該放下的時候就要放下。

從加了周以好友，到盛情邀請對方一起吃飯，再到此時面對面坐在酒館裡，江蓁都佩服自己。

明明以前沒說過一句話，硬生生被她掰扯成老同學好久不見分外想念。

周以的五官和江蓁一樣，都屬於濃顏系，但周以更瘦一些，臉上沒肉，稜角分明，比她更英氣。

兩個美女坐一桌，無論是店員還是其他客人都忍不住偷偷往這多瞟兩眼。

酒先上桌，江蓁喝的是果酒，周以點了一杯百利甜。

看對方神情放鬆，江蓁笑著開口道：「這家酒館我經常來，菜很好吃。」

周以放下酒杯，點點頭說：「我前兩天還來過一次，確實不錯。」

江蓁有些意外：「妳來過啊？」

周以「嗯」了一聲：「它好像還挺紅的。」

江蓁眨眨眼睛，嘴角的笑有些僵硬：「是嗎。」

想想也對，就算 At Will 再低調，來的客人多了，在網路平臺隨手上傳一則貼文，熱度也能帶起來。

江蓁摸著杯口，有些心不在焉地往後廚看了一眼。

周以湊近她，放輕聲音問：「我還聽說這裡的主廚很帥，妳見過嗎？」

江蓁愣了愣，突然警惕起來，語焉不詳地說：「啊，見過吧，好像也就那樣。」

周以露出失望的表情：「我還想有機會飽飽眼福呢。」

江蓁笑笑，揶揄她：「妳身邊還缺帥哥看啊？」她抬起酒杯，放到嘴邊的那刻臉上的笑容也消失。

失落感來得莫名其妙，又怪讓人難受的，這種感覺像是原本以為只有自己知道的祕密，小心守護著，到頭來卻發現「哦，原來大家都知道啊」。

氣氛陡然冷了下來，江蓁收起自己亂七八糟的心緒，清清嗓子，回歸正題：「聽說妳現在在當樂翡的口語老師啊？」

周以沒立即回答，一隻手撐著下巴，一隻手摸著酒杯杯口，看著江蓁，掀唇露出頗具深意的笑。

江蓁暗自提了一口氣，總覺得自己被這一眼裡外看了個穿。

她敢肯定，周以其實早就知道她請這頓飯心裡打的是什麼主意。

沒讓江蓁等太久，周以懶懶啟唇道：「說吧，想打聽八卦，還是要我幫妳什麼？」

江蓁鬆了口氣，擺擺手：「我不想聽八卦，就想找妳要樂翡的聯絡方式，我們公司有意向找她做代言人。」

周以聽罷，問：「就這？」

她從口袋裡拿出手機，在螢幕上輕點幾下：「經紀人的電話和信箱傳給妳了。」

那不屑的口吻，那爽快的動作，讓江蓁忍不住眼冒桃心。

看到手機上新彈出來的訊息，江蓁深呼吸一口氣，拉過周以的手，語氣認真而誠懇：「我在此嚴肅承認，妳才是七中校花，我甘拜下風！」

周以嗤笑一聲：「能不提這事了嗎？妳那個時候不嫌丟臉啊。」

江蓁也笑起來：「別說了，丟死人了！還有寫橫幅的！」

把話說開了，兩人不再拘謹，一邊喝酒吃飯，一邊閒聊談笑。

周以做了個「噓」的手勢，說：「悄悄告訴妳，我那時候還差點暗戀陸忱。」

江蓁忍不住飆了句髒話：「不是吧，妳彎的啊？」

周以一拍桌子：「當然不是啦！所以我才說差點啊！」

江蓁咯咯地笑起來，哦對，她忘了，高中時候陸忱嫌洗頭麻煩，直接剃了平頭，還挺帥。

相隔幾十公尺的吧檯後，陳卓一邊戰戰兢兢地調酒，一邊小聲試探地問：「秋哥，你不用回後廚做飯嗎？」

男人的嗓音低沉，薄唇輕啟說了三個字：「做完了。」

陳卓上下打量他一眼，表情一言難盡，忍不住在心裡偷偷吐槽。

不好好待在後廚，抱著手臂往吧檯邊一站，穿著一身黑，表情還凶神惡煞，跟他媽黑社會保鏢一樣。

這麼一根柱子立在這，陳卓怎麼樣都覺得不自在，過了一下他實在忍不了了。

「哥，要不然你去前面找個位子坐下，我調杯酒給你行嗎？」

季恆秋冷冷回他：「坐著看不見。」

「看不見什麼？」陳卓順著他不曾偏移的視線看去，看到不遠處某一桌上兩個相談甚歡的美女，一個他認識，這不是女酒鬼嘛，還有一個面生，也許是女酒鬼的閨密？

兩個美女聊得挺歡，笑聲陣陣，就是姿勢有些放蕩不羈，一個左腳腳腕擱在右腿大腿上，坐的像個老大爺，一個叼著牙籤像流氓。

陳卓心裡嘀咕：這是喝醉了吧。

哦——一瞬間陳卓有些明白季恆秋站在這裡是為什麼了。

守護公主的是騎士。那守護女酒鬼的是什麼？

江蓁和周以其實喝得不多，就是相見如故聊嗨了，有點放飛自我。

走的時候，周以接了個電話，說明天有課，要幫樂翡糾正發音。

江蓁墊腳努力勾住對方脖子，拍拍她肩說：「好兄弟，事情要是能成，我幫妳黃浦江上包艘郵輪！」

周以聽這話樂出聲，也搭上她的肩：「好兄弟，妳放心，我屆時肯定幫妳美言兩句，助妳一臂之力！」

她們勾肩搭背站在門口，一口一個好兄弟，情深義重肝膽相照。

季恆秋懶懶靠在門邊，左手插在口袋裡，右手夾著根菸，饒有興致地看她們演小品。

白癡的朋友也是白癡，季恆秋意味深長地「嗯」了一聲，怪不得說物以類聚人以群分。

他取下嘴裡的菸，食指撣了撣菸灰，低頭的一瞬忍不住掀唇笑了，眉眼沾染了笑意，一副心情很不錯的樣子。

看江蓁走了，季恆秋轉身回屋。

陳卓嬉皮笑臉地走過來，喊：「秋哥，餓了，炒個飯給我吃唄。」

季恆秋叼著菸瞥他一眼，剛想說「大晚上少吃點」，話到嘴邊又咽了回去：「行，等著。問問其他人吃不吃。」

季恆秋把菸碾滅在菸灰缸裡，回後廚繫圍裙做飯。

他一走，陳卓立刻掏手機打字。

陳卓：『絕對談戀愛了絕對談了！』

陳卓：『他什麼時候這麼好說話過！』

陳卓：『平時不罵我一頓就好了！』

儲昊宇：『這副樣子我熟。』

儲昊宇：『我室友每次約完會回來都會把全寢室的襪子洗了。』

裴瀟瀟：『秋哥今天笑了，這是我認識他以後第一次看他除了冷笑以外的笑。』

楊帆：『（強）。』

放下手機，散落在酒館裡的年輕人們對視一眼，嘴角勾出相似的弧度，眼神裡寫著「懂的人自然懂，反正我嗑死了」。

程澤凱看到群組裡的聊天記錄後立刻撥了個電話給季恆秋。

「季恆秋，這個禮拜幫我接送一下小夏唄。」

季恆秋『噢』了聲：『知道了。』

程澤凱察覺到對方的態度良好，繼續得寸進尺：「這個週六趙楠的店開業，和我一起去唄？他們都讓我叫上你。」

季恆秋：『嗯。』

程澤凱驚訝地瞪大眼睛，真見鬼了，這麼好說話。

季恆秋問他：『還有事嗎？』

程澤凱：「PS4借我玩兩天吧。」

『滾。』

啪，電話掛斷。

入秋之後的申城天氣涼爽，出了太陽照在皮膚上又暖和和的。

早上六點半，季恆秋準時醒來。

起床洗漱後他換上運動服，幫土豆換了水和飼料，看牠香噴噴地吃完。

七點，他帶著黃金獵犬下樓跑步，順便在路上買好早飯。

離程澤凱的公寓一共二十分鐘路程，季恆秋喘著粗氣走上樓梯，額頭冒了一層細汗。

進了屋，土豆搖著尾巴直奔程夏房間，這是他的日常任務，叫小孩起床。

季恆秋先洗了把臉和手，把買好的早飯裝進盤子裡，從櫃子裡取出程夏的碗筷。

程澤凱這時還在睡夢中，在客廳都能聽見他打呼嚕。

季恆秋又隨手理了理客廳的茶几，看時間差不多了，他走進程夏的房間。

小孩的房間裝潢很可愛，牆上的壁繪是程澤凱專門找人畫的。程夏還睡得香呼呼，土豆正蹲在床邊，用腦袋蹭著他的小手。

季恆秋走過去從被子裡把程夏抱起來，拍拍他的背說：「夏兒，起床上學了。」

小孩迷迷糊糊地睜開眼，換了一個姿勢繼續趴在他肩上睡。

季恆秋也不著急，把人抱到洗手間，先用毛巾沾了水在他臉上不輕不重地抹一把。水溫偏涼，程夏不適地哼了一聲睜開眼睛。

等意識清醒過來，他從季恆秋懷裡掙扎著要下來，墊腳在抽屜裡拿出個小盒子。看著程夏把盒子裡的東西戴在耳朵裡，季恆秋感覺心臟抽疼了一下。

近視的人每天早上第一件事也是找眼鏡，這樣他們才會對這個世界有安全感。

季恆秋走過去揉揉小孩的腦袋，拿了小凳子抱他上去刷牙洗臉。

程夏一邊刷牙，一邊口齒不清地問他：「今天也是叔叔送我上學嗎？」

季恆秋抱著手臂在旁邊看著，「嗯」了一聲。

程夏對著鏡子裡的他嘻嘻笑了一下：「好欸！」

吃完早飯，季恆秋把剩餘的打包好留著程澤凱醒了吃。

程夏的幼稚園離家不遠，程澤凱不讓他去特殊學校，和普通孩子一樣上學。

季恆秋牽著狗繩，土豆跟著程夏。

程夏一路上和土豆碎碎叨叨說了好多話，季恆秋一個字也沒明白，反倒是土豆好像真聽懂了，總是能在適時的地方「汪」一聲。

幼稚園門口總有些小朋友抱著爸媽不肯放手，程夏很乖，從來不會哭鬧。

他從季恆秋手裡接過書包，揮了揮小手，說：「哼啾叔叔再見！」

小孩說話還不太清楚，喊他名字聽起來總是像「哼啾」。

季恆秋揉了把他的腦袋：「放學也是我接，別亂跑。」

「好嘞！」程夏說完就樂呵呵地一蹦一跳進去了。

旁邊有個家長媽媽羨慕地看他一眼，說：「你家孩子太乖了，我們家這個要是這樣就好了。」

季恆秋笑了笑，牽著狗原路返回。

回到巷子，街口的早餐鋪正在收攤。人間陽光燦爛，映得落葉發亮。

季恆秋走過去幫著劉嬸搬折疊桌，他力氣大，一隻手就能拎起來，另一隻手還能帶兩把凳子。

劉嬸笑呵呵地問他：「阿秋啊，今天跑這麼久？」

季恆秋回答：「沒，送小孩上學去了。」

有季恆秋在收起來很快，這時已經九點多了，早餐的熱潮結束，巷子裡靜謐安寧——個屁。

高跟鞋踩在水泥地上「噠噠」響，一陣急促的腳步聲由遠及近。

季恆秋看著江蓁邊打電話邊一路狂奔，風吹起她的長捲髮，暗黃色裙擺展開像一片落葉。

「喂，司機大哥，您能快點到嗎？我要遲到了！」

歲月靜好，趕著上班的打工人除外。

原以為順利簽下和樂翡的代言人合約，工作就能一帆風順平平穩穩。

但職場如打怪升級，在大Boss出場之前，總有一些煩人的小妖小怪不斷冒出來。

為了預熱，茜雀要在新品正式發售前先公開一組照片，由十二位素人女孩和樂翡作為模特兒，拍攝每個人的唇部特寫。

做完後製後攝影師把圖片傳了過來，江蓁看了覺得不夠滿意，要求對方在細節上做出調整。

改了兩次還不過關，那小攝影師有脾氣了，一開始是卡著死線遲遲不交，後來直接電話不接訊息不回，還在動態上留了一句『采風中，不要驚擾藝術的創作，謝謝』。

江蓁只想把他腦袋擰下來做成球看看夠不夠藝術。

都是什麼臭毛病，才改了幾次，在甲方界她絕對是慈父！

小攝影師和她玩失聯，但在這個便捷的網路時代，要找到一個人的行蹤輕而易舉。

江蓁扒出他的社群帳號，打開他的關注列表一個一個點進主頁，一路順藤摸瓜找到他的女朋友。

感天謝地現在的小妹妹屁大點事都要發文。

江蓁蹲了一天，終於在她夜晚十一點的圖片分享裡看到那小攝影師的身影。

采風？有去夜店采的嗎？

那妹妹發文時也順手發了定位，當機立斷，江蓁一咕嚕從被窩裡爬起，換衣服抹口紅，去逮他個措手不及。

一路趕到目的地，那店還藏的很隱蔽，先要找到一扇小門，進去後登上電梯再上到十六樓。走到門口，江蓁看了招牌一眼，名字叫 Melting，應該是新開業的，還擺著紅毯和花籃。

門口站著兩個保全，一個拿著體溫計，江蓁伸出手腕配合他測體溫，滴一聲後，她剛要抬腳往裡走就被人攔住。

那保全朝她伸出手，江蓁看了看他的掌心，抬起頭問：「還要核酸檢驗報告啊？」

這話把保安逗笑了，抖抖手說：「美女，請出示一下邀請函。」

江蓁懵了：「邀請函？」

保安：「對，今晚只對受邀的客人開放，您有邀請函嗎？」

「哦——邀請函嘛，我有啊。」江蓁閃躲著眼神低頭在包裡開始翻找根本不存在的邀請函，同時嘴上還不忘嘀咕著，「欸，邀請函呢？你等等我找找啊，可能是出門太急了。」

保全收回手背在身後，一臉「我就靜靜看著妳表演」的表情。

把包翻了一遍，江蓁手一拍腳一跺，誇張地「哎呀」了一聲：「肯定是我放玄關上忘了拿了，這樣，你先讓我進去吧，我等等找我室友送過來可以嗎？」

保全再次攔住要往裡走的她，冷酷無情道：「只有出示邀請函才能進去，希望您能配合。」

江蓁瞇起眼睛朝他笑了笑，雙手交疊抵著下巴，嬌滴滴地喊：「大哥——」

大哥眼睛都沒眨一下，後面又來了人要進去，他伸出手做了個請她往旁邊讓讓的手勢。

江蓁努了努嘴，也只能乖乖讓路。退回到門外，她拿出手機打電話給宋青青。

「喂，青青，妳能搞到Melting的邀請函嘛，一個夜店，在江寧路上，新開的。」

宋青青剛睡，迷迷糊糊地說：『蓁姐，看不出來妳還挺愛玩的。』

「玩個屁，我來逮常樂那小子的。」

『常樂？』宋青青提高聲音，顯然瞬間清醒了，『他不是在烏鎮采風？』

「信他就有鬼了！」江蓁叉著腰原地打轉，「先不說這個，妳快想個辦法讓我混進去。」

宋青青打了個哈欠：『我想想啊，要不然妳看看門口有什麼男人，賣個美色攻陷一個讓他帶妳進去。』

江蓁皺眉質疑道：「這可以嗎？」

宋青青：『放下臉皮，甩甩頭髮，肯定行的，衝。』

江蓁舉著手機朝門口看了看，那新來的幾個男人怎麼看也不像喜歡女人的樣子。

在她快要放棄的前一刻，身後「叮」響了一聲，電梯門緩緩打開。

江蓁舉著手機往那裡隨意瞥了一眼，收回目光的動作卻只完成了一半。

她愣了三秒，才反應過來那是誰。

男人也看見了她，眼裡閃過一絲意外，挑了挑眉，邁步走了過來。

難得一見地穿了剪裁合體的黑色西裝，內搭是一件敞著領子的白襯衫，沒有打領帶，腳上皮鞋鋥亮，低調簡約的款式，隨著走路擺動，被黑襪包裹的一截腳踝若隱若現。

寬肩窄腰長腿，穿上正裝顯得整個人挺拔峻瘦。

但江蓁又清楚地知道，他襯衫下的肌肉練得有多好。

男人邁著大步走過來，一步一步，踩在白瓷磚上，也踩在她此刻正瘋狂波動的審美神經上。

江蓁舉著手機定格在原地，周遭的一切似乎都消失了。

她看著男人離自己越來越近，聽到自己的心跳聲混亂急促。

突然口乾舌燥起來，江蓁舔了舔嘴唇。

要不是不太文明雅觀，她此刻真的挺想吹聲口哨。

察覺到她的反應，宋青青在電話那頭激動起來：『喂？怎麼樣？是不是找到目標了？快攻陷他！』

攻陷他？怎麼攻陷，她都潰不成軍了，還拿什麼攻陷。

鑑別一個男人是否真的帥，一看平頭，二看白襯衫。

邱老闆本來就留著短碎髮，算是過了第一關。

如果第二關的滿分是一百，那麼江蓁會打一百二。

多出來的二十分出於意料之外的驚豔。

他一個廚師，平時都穿著純黑色的T恤，圍著半截棕色圍裙，頭髮也不需要額外打理，怎麼糙怎麼隨意怎麼來。

今天就不一樣了，連下巴的鬍渣都刮得乾乾淨淨。

如果高跟鞋是女人的武器，那麼西裝革履就是男人的鎧甲。一身合體的西裝很好地將他身上的沉穩氣質展現出來，成熟又性感，帶了點脫俗的意味，和小酒館那位主廚先生判若兩人。

季恆秋走到江蓁面前時，她微張著嘴一副靈魂出竅的模樣。

他清清嗓子，說：「這麼巧？妳也在這。」

江蓁抬頭看了男人一眼，愣愣回神，她掛了電話收起手機，待調節好呼吸，再開口時神色已經恢復如常。

「嗯，好巧啊，你也來玩？」

季恆秋提了提手裡的紙袋，裡面裝了瓶紅酒，說：「朋友新店開業，來捧個場。」

捕捉到話裡的關鍵資訊，江蓁的眼睛咻一下亮了，抑揚頓挫，一字一句道：「是、你、朋、友、的、店、呀——」

季恆秋點點頭，莫名覺得她臉上的笑不懷好意。

江蓁往前邁了一小步，十分有目的性地問他：「那你一定有邀請函吧。」

季恆秋往後微微仰了一下，拉開兩人的距離，回答：「有啊。」

「阿秋來啦！」門口響起一道中氣十足的聲音，一個體型偏胖的中年男人走了出來，長得很有富貴相。

季恆秋朝他揮手打了個招呼，把手裡的紙袋遞過去，喊：「楠哥。」

被他叫楠哥的男人拍拍他肩，笑出眼角的皺紋：「客氣了啊，這麼好的酒，給我我可捨不得喝。欸，老程呢，怎麼還沒到？」

季恆秋說：「哄孩子睡覺呢，馬上來。」

趙楠笑了笑，這才把目光移向季恆秋旁邊的女人，問：「這是……」

江蓁眼珠子轉了半圈，電光火石之間靈機一動，大腦還沒怎麼思考身體已經先一步做出反應。

她往右邊跨了一步，貼著男人的手臂伸手挽住，笑意盈盈道：「我是他女朋友。」

這六個字如炸彈投入大海，無形中掀起驚濤駭浪。

季恆秋轉頭看向江蓁，用眼神傳送一個「？」過去。

江蓁保持住嘴角的弧度，湊到他耳邊壓低聲音說：「等等再和你解釋，先帶我進去，拜託。」

見季恆秋沒反應，江蓁手上用力掐了他手臂一把。

這一下讓季恆秋疼得倒吸一口氣，整個人激靈了一下。他抬頭對上趙楠八卦的眼神，喉結滾了滾，大義凜然地一點頭，肯定道：「嗯，女朋友。」

趙楠摸著下巴曖昧地嘖了兩聲，指著他說：「老程還天天嚷嚷著要我幫你找女朋友！什麼時候找了個大美女？你小子有福啊。」

季恆秋張口回答：「就剛剛。」

趙楠：「啊？」

江蓁微笑著又掐了季恆秋手臂一把，提醒他好好回答。

季恆秋咬著後槽牙，重新說：「最近，最近交往的。」

在門口聊夠了，趙楠帶著他們往裡走。

江蓁揉了揉男人剛剛被她掐過的地方，朝他露出討好的笑容。

季恆秋嘆了聲氣，拿她沒辦法。

其實她要是想進來，他和趙楠說聲是朋友就行，哪用得著這麼折騰，他一好好男青年的清白也沒了。

季恆秋垂眸看了挽住他手臂的手一眼，小小一隻，塗了透粉色的指甲油。

看起來白白嫩嫩一雙手，怎麼掐人這麼疼呢？

兩邊的保全看見他們進來，彎腰鞠了個躬。

江蓁挺著腰目視前方，緊緊地挽著男人。

所幸那保全大哥沒多問什麼，進了內場，趙楠還要招待其他客人，讓他們好好玩。

他一走，江蓁火速鬆開手往旁邊退了一步，一秒鐘的便宜都不多占。

季恆秋不著痕跡地看了自己的手臂一眼，問她：「進來要幹嗎？」

江蓁墊著腳四處張望：「找人。」

季恆秋抬手刮了刮下巴：「捉姦啊？」

江蓁沒管他說了什麼，丟下一句「謝了啊，人情改天再還」，踩著高跟鞋就蹬蹬蹬地往舞臺上走。

夜店裡的燈光昏暗，人又多又雜，三五紮堆在一塊，吵得要翻天。

但在這種地方找到常樂很容易——喏，臺上扭得最歡的那個就是他。

江蓁擠過縱情舞動的紅男綠女，精準找到常樂揪住他衣領往外拖。

她個子矮了點，但力氣不小，常樂掙脫不開，只能彎著腰狼狽地被她拽著從舞池裡出來。

江蓁走到一個僻靜的角落才鬆開手。

看清她是誰，常樂忍不住罵了句髒話：「姐，妳至於嗎？」

江蓁心裡也氣，憋了好幾天的火：「你要是乖乖按期交圖，我當然用不著這樣。」

常樂用舌尖頂了頂腮幫，一臉招上麻煩的晦氣樣：「不是，妳不懂攝影，這東西不能一直揪著，要休息兩天再看才能有感覺。」

江蓁「呵呵」笑了兩聲：「休息兩天？兩天？你快一個禮拜不回我訊息了欸。我只是想讓你突出一下明暗和色彩對比，這很難嗎？」

常樂從口袋裡拿出根菸，也沒點，就放嘴裡叼著，顯然有些不耐煩了。

江蓁不打算軟磨硬泡求著人幹活，早準備了殺手鐧，就等著一招制敵。

她打開社群，點進某一用戶的主頁，開口道：「這兩天在找你蹤跡的時候呢，我找到了你女朋友的帳號，還有點其他小發現。」

她把螢幕舉到常樂面前：「不是什麼大事，就是一不小心發現了你的撩騷對象，春風玫瑰，是她的網名吧？」

常樂取下嘴邊的菸，這下慌了，過來扯她袖子，喊：「姐。」

江蓁收起手機，也不多廢話：「明天下午四點之前我要收到修改後的圖，不然，你知道後果的喲。」

她語氣溫柔，說出口的話卻讓常樂在燥熱的夜店打了個哆嗦，他重重點了下頭，伸出四根手指發誓：「行，我保證讓您滿意。」

江蓁瞇著眼睛笑：「那辛苦了哦——等著你的圖哦——」

走出兩三步，江蓁又回頭說了句：「希望你今晚玩得開心喲——」

常樂只覺得毛骨悚然，她的眼神裡傳遞的分明是「小崽子給老娘早點回去改圖！」

順利解決完心頭一樁事，江蓁哼著歌腳步輕快地走出夜店，心情大好。

她放晴了，但有人還烏雲密布呢。

看見人出來了，季恆秋喊了一聲：「江蓁。」

江蓁停下腳步循聲望去，看見是邱老闆，她指著自己驚訝道：「你知道我名字？」

季恆秋掐了菸，走到她身前，沒管她的問題，只問：「捉完姦了？」

江蓁愣住，反應過來後擺擺手，向他解釋：「不是捉姦，工作上的事，有個小攝影師拖稿還失聯，我來逮人的。」

原來是這樣，季恆秋面上不動聲色，心裡卻暗自鬆了口氣。

江蓁問他：「你呢？怎麼出來了？不上去玩啊？」

季恆秋把手插進褲子口袋裡：「本來就是送個禮走個過場，程澤凱的朋友，我其實不太熟。」

江蓁點點頭，又回到剛剛那個問題：「那你是怎麼知道我叫什麼的？」

季恆秋看她一眼，說：「程澤凱說的。」

江蓁垂眸「哦」了一聲，接受了這個答案。

凌晨一點，街道車輛寥寥，霓虹閃爍照亮夜空，風吹動樹葉簌簌地響。

路燈的光芒昏黃，照在男人身上形成一層柔和的光圈。

過了幾秒，江蓁迎上他的目光，輕輕啟唇問：「那你的名字呢？我還不知道你的全名叫什麼。」

四周寂寥，男人的聲音在夜色中顯得更沉鬱，他說：「季恆秋。季節的季，永恆的恆，秋天的秋。」

「季恆秋……」江蓁默念了一遍，恍然大悟般驚醒，「原來你不姓邱啊！」

季恆秋挑了下眉梢沒說話。

江蓁尷尬地笑了笑：「我聽他們喊你秋哥，還以為你姓邱呢。原來不是邱老闆，是季老闆啊。」

她又喊了一聲：「季老闆。」

季恆秋應道：「嗯。」

「走吧，送妳回去。」季恆秋從口袋裡拿出鑰匙，邁步走向停在門口的車。

他開的是一輛黑色SUV，很簡約低調的款式。

大半夜的不好叫車，江蓁沒拒絕，說了聲「謝啦」，乖乖跟上去，坐進副駕駛座。

密閉空間裡，她身上的甜香變得格外清晰。

不是她身上平時的味道，很淡，甜絲絲的，有點像小孩吃的泡泡糖，葡萄味的。

季恆秋借著看倒車鏡往旁邊瞟了一眼，見江蓁手放在膝蓋上，坐得很乖巧。

他嘴角翹了翹，沒說什麼，視線回到路上繼續專心開車。

巷子裡現在肯定沒車位了，季恆秋把車停在酒館門口。

到了地方，江蓁解開安全帶打開車門，卻見他也熄了火準備下車。

以為對方是要好心護送她到家，江蓁趕緊攔住他：「不用送我了，我自己走回去就行。」

季恆秋拔了車鑰匙，握在手裡刮了刮下巴，說：「我回家。」
江蓁反應過來，問：「你也住附近啊？」
季恆秋的目光在她臉上停了兩秒，點頭「嗯」了一聲。
江蓁抿著嘴在心裡罵了自己一句自作多情，趕緊下車走人。
兩人並肩走了一段路，眼看著都快到樓下了，江蓁停下腳步問：「季老闆，你住哪棟？」
季恆秋抬手指了指：「那，三樓。」
江蓁一臉不敢置信地看著他，提高聲音又問一遍：「你住哪？」
季恆秋這次給了個很具體的回答：「對，就妳樓上。」
他往前走了幾步還沒見人跟上來，轉頭看向江蓁，催她：「愣著幹嘛呢？走了。」
江蓁回過神，小跑幾步追上他，追問道：「所以你一直都知道我住你樓下啊。」
季恆秋插著口袋「嗯」了一聲。
「我剛搬來那天在樓梯間，也是你扶住我的？」
「嗯。」
忙了一天，江蓁早累了，這時腦袋轉得有點慢，有點反應不過來。
她一走神，腳上不穩，踩空了一級臺階，整個人重心不穩要摔倒。
季恆秋跟在她身後，伸出手扶住她，肅著聲音說了句：「小心。」
記憶重疊在一塊，一樣的樓梯間，一樣的位置，一樣的話——真的是他。

聲控燈受到感應，刺啦刺啦地亮起，突然的光亮讓江蓁不適地瞇起眼睛低下頭。

她的視線落在男人握住她手臂的那隻手上，她才發現，季恆秋的食指指甲蓋下也有一道疤。

等等，她為什麼要用也。

江蓁渾渾噩噩地走到二樓，輸入密碼打開家門，進屋之前還不忘得體地笑著和季恆秋說了聲：「今天謝謝你，晚安。」

關上門後，她立刻如同一個被按下開關的瘋狂玩具，對著空氣毫無章法地揮動拳腳。

不會吧不會吧不會吧。不可能有這麼巧的事吧。

等胡亂發洩一通，江蓁深呼吸一口氣平靜下來，她從口袋裡掏出手機打開聊天軟體，在列表裡找出備註為「房東秋」的連絡人。

她簡單措了辭，一鼓作氣按下傳送鍵。

江蓁：『很抱歉這麼晚了還打擾您，方便告訴我您的名字嗎？』

對方回得很快，十秒後一則語言傳了過來。

江蓁雙手捧著手機放到耳邊，短暫的沉默後，男人低沉的聲音貼著耳廓響起。

——『不是剛剛才告訴妳了。』

第八杯調酒

考試的時候，總有些題目出得很簡單，但當時就是怎麼都想不到答案。明明鑰匙就在腳下，卻死都不肯低頭看一眼，偏要埋著頭往門上撞，選擇性智商掉線。考完了被稍微一點撥，方才醍醐灌頂，懊悔得想抽自己兩巴掌。

江蓁現在就是這個情況。

細細一想，酒館老闆就是樓上鄰居還是她房東這件事早就暴露蛛絲馬跡了，只是她從來沒留心沒當回事。

大頭照上的黃金獵犬，她在店裡也見過一隻，店員說是老闆的。

房東是程澤凱的朋友，季恆秋也是他的朋友，兩個人名字裡都有一個「秋」字。

季恆秋開的車，江蓁其實也見過，樓下經常停著，怪不得剛剛她覺得季恆秋的車牌很眼熟。

其實事情很簡單，季恆秋在巷子裡開著家酒館，也住在這附近，手裡兩間房，自己一間，再租出去一間，江蓁恰好成了他的租客，後來又成了他忠實的食客。

多麼巧，多麼有緣分的一件事。

那則五秒的語音播完後，房間陷入寂靜。江蓁癱坐在沙發上，仰著腦袋盯著天花板發呆，心情複雜，突然冒出點悵然若失。

都說越長大愛越難，在十七八歲，一段關係的開端有時候只是因為這個人看起來合眼緣。但是對於即將奔三的江蓁來說，無論是友情還是愛情都只會更加謹慎，因為她沒那麼多時間精力再去試錯，去重新認識、瞭解、磨合。

以至於她經常覺得，一個人也挺好的，省了很多麻煩。

小時候待人處事只管想不想，後來是可不可以，現在是必不必要。

所以即使她對酒館裡的那個男人很有好感，也沒想過要和他有什麼發展。

因為沒必要。

她也許會和他聊聊天，在有所保留的交談中把對方變成一個認識的朋友。

談戀愛結婚就算了吧，這事太複雜太多變。

保持一個不遠不近的距離，才能對彼此永遠帶著好奇和興趣。

江蓁原本是這麼想的，她不認為自己喜歡季恆秋。

但是當她發現，這段時間裡帶給她所有怦然心動的都是同個人，情況就變得很難解釋。

她開玩笑地和陸忱說：「大概是寂寞了，現在看個男人都覺得挺好。」

她那時腦海裡閃過的人，現在發現統統都是季恆秋，這對她衝擊力太大了。

不是遇到很多個讓她心動的人，是她在同一個人身上，心動了千次萬次。

像是經歷了一場山崩海嘯，江蓁大腦一片空白，餘震不止，衝蕩地她神經恍惚。

她喜歡季恆秋嗎？

江蓁問自己，卻給不了自己答案。

等意識朦朧歸位，她已經站在三樓的門口按響了門鈴。

「唠嗟」一聲，大門打開，季恆秋站在門後，脫了西裝外套，穿著件白襯衫，領口扣子解了三顆，應該是打算洗漱睡覺了。

從江蓁的高度平視過去，先看到的是男人線條清晰的鎖骨，她咬了下唇角，緩緩抬頭對上他的眼睛。

季恆秋問她：「怎麼了？有事？」

江蓁有很多問題想問，但話在嘴邊兜兜轉轉繞成一句風月無關還有點莫名其妙的——

「你幾歲？」

季恆秋皺起眉，一臉懷疑自己聽錯的表情。

「我是說。」江蓁吞咽了一下，平復呼吸，「程澤凱說房子是他師兄的，他怎麼說也有個三十五，所以你幾歲了？」

季恆秋抱著手臂，面無表情地說：「三十八。」

江蓁「啊」了一聲，驚訝和失落都擺在臉上：「真嗟？」

「假的。」

「那……」

不再逗她，季恆秋重新說：「我一九八七年，三十三。」

「他拜師晚，按輩分我是師兄。」

「哦，原來如此。」江蓁呼了口氣，嘴角露出笑意，也不知道在慶幸什麼。

季恆秋看著她，問：「還有問題嗎？」

江蓁眨眨眼睛，心裡百轉千迴，說出口的話卻越來越不著調：「那程澤凱多大了？」

「他三十六。」

「你一個人住啊？」

「還有我養的狗。」

「牠呢？」

「臥室地毯上睡覺。」

「那你還不睡啊？」

「這不是陪妳做人口調查嘛。」

江蓁被他這一句話噎住，抿著唇不說話了。

季恆秋彎著腰身子往前傾了傾，問：「還有事麼？」

江蓁撓撓脖子，半天憋出一句：「那個，我今年二十七。」

跟不上她跳躍的思考，季恆秋低頭悶聲笑起來，伸手在她腦門上不輕不重戳了一下，說：「怎麼沒喝酒也傻成這樣。」

江蓁捂著額頭，他戳得不疼，被他碰過的地方卻泛起一陣異樣感。

耳垂到脖子根以肉眼可見的速度泛紅，江蓁低著頭，語速極快地丟下一句：「我沒事了，你睡覺吧，再見！」

說完就跑了，速度還挺快，一眨眼人就從視線裡消失不見。

聽到樓下響起開門落鎖的聲音，季恆秋關上門，回到浴室繼續脫衣服準備洗澡。

襯衫從身上剝離，季恆秋舉起手臂看了看，還真紅了一小塊，中間泛起紫色瘀青。

他用大拇指按了按，疼得倒吸一口氣。

人有的時候就是賤，想吃苦頭，想犯傻，想疼。

季恆秋放下手臂，抬眸看著鏡子裡的自己，鎖骨之下，疤痕遍布胸口、腰側，一直爬伸至後背。

傷口癒合長出的新肉凹凸不平，醜陋地像一條條毛毛蟲附著在皮膚上。

視線沒有過多停留，他很快收回目光，俐落脫完衣服，走進淋浴間打開蓮蓬頭。

熱水沖刷在身上，霧氣氤氳，他的神經漸漸放鬆下來，思緒漫無目的地遊走。

水珠濺到臉上，掛在睫毛上搖搖欲墜，季恆秋閉上眼睛。

他從架子上搆到沐浴乳，擠了一泵抹在身上。

摸到肩上一條凸起的疤時，季恆秋突然停下手上的動作睜開了眼睛，像是從夢中驚醒。

想什麼呢，季恆秋。

他嘲笑自己。

——你的傷疤還沒好，怎麼能忘了疼。

江蓁好幾天沒去酒館了，不知道自己怎麼了，就是不敢見季恆秋。

程澤凱還在她動態下面留言，問她是不是最近太忙了，怎麼不來喝酒。

江蓁回覆：『工作太忙啦！等我有空了就去！』

事實上進入正式拍攝階段她手頭就沒什麼要緊事了，聖誕新品不著急，提案也成型了，她最近天天六點準時下班，偶爾還能坐著摸一下魚。

樊逸前兩天約她吃飯，說是在申城找到一家很好吃的蟹腳麵，問她要不要去嘗嘗。

江蓁答應了，週五下班後樊逸來接她。

大學畢業後就沒再回過江城，她還挺想念蟹腳麵的。

店在一家小衚衕裡，面積不大，老闆是江城人，老闆娘是本地的，夫妻倆的店開在這很多年了。

點完菜，江蓁搶先掃碼付了款，說謝謝樊逸上次給她溪塵的聯絡方式。

雖然人家根本沒通過好友申請，但也算是欠了個人情，還完江蓁心裡才舒服。

樊逸對她此舉溫柔地笑笑，說：「那下次再請妳吃別的。」

難得在外頭還能吃到這麼正宗的江城小吃，一碗麵醬香濃郁，蟹腳肉質飽滿，甜辣鮮鹹，麵條吸滿湯汁，入口順滑勁道。

江蓁滿足地嗦著麵，和樊逸感嘆說：「想起上大學那時的逍遙日子了。」

樊逸慢條斯理地吃著，笑了笑：「時間過得真快。」

兩人吃飯時沒聊別的，店裡的風扇嗡嗡響，客人們的說話聲吵吵嚷嚷，這樣的環境不適合聊天。

等出了店，他們走回停車的地方，樊逸突然開口道：「江蓁，妳打算在申城定居下來嗎？」

江蓁搖搖頭：「還沒想好。」

樊逸又問她：「那打算在這談戀愛結婚嗎？」

江蓁停下腳步抬頭看向他，對上對方的眼神，一瞬間多多少少有些明白了。

她淺淺笑了笑：「沒想過，順其自然吧。」

成年男女在相處中帶著什麼心思，彼此心知肚明。

後來樊逸又約她吃了一次飯，江蓁委婉拒絕了。

樊逸好是好，性格溫潤，長得清風朗月。

但沒感覺就是沒感覺，江蓁只把他當學長當前輩，崇拜有，好感無。

再約一起吃飯氣氛就變了，她不自在，人家也尷尬，倒不如退回到原來的那條線上，彼此不打擾不耽誤。

轉眼都快十月底了，申城的秋意越來越濃，滿街楓葉連天，暗紅色一片，遠遠看去像火燒雲燎了天際。

江蓁已經十一天沒有去酒館了，從來迎難而上的人頭一次做鴕鳥，自己都嫌自己扭扭捏捏不像樣。

十月的最後一天是週六，大街上今天似乎格外熱鬧。

江蓁下午約了周以逛街，回到巷子已經快晚上八點。

她踩著高跟鞋往裡走，突然看到路邊有群小朋友手牽著手，一個個穿著奇裝異服，有扮迪士尼公主的，有穿著超人披風的，還有頭上戴了羊角脖子繫著鈴鐺的。

他們看到江蓁，一窩蜂跑了過來，圍在她腿邊參差不齊地喊：「不給糖就搗蛋！」

一個個小蘿蔔頭奶聲奶氣的，江蓁瞬間被萌化了心，她低頭在包裡翻找，說：「等等啊，姐姐找找。」

戴著圓框眼鏡扮柯南的小孩突然拉拉她的衣角說：「阿姨我好像認識妳！」

這話讓江蓁提起興趣，蹲下身子看著他，指著自己問：「你認識我呀？你怎麼認識我的？」

小孩臉蛋圓滾滾的，像雪白的糯米糰子，他嘴裡還含著糖，說話不太清晰：「爸爸給我看過妳的照片，說妳是哼啾叔叔的——」

他的話說到一半，酒館的門突然打開，光亮從屋裡瀉出映在地上，程澤凱站在門口喊：「讓你們去要糖怎麼堵在這裡不走了？」

江蓁直起身子，和程澤凱笑著打了個招呼。

小柯南拉著江蓁的手扯她過去，獻寶一樣激動地喊：「爸，哼啾嬸嬸！」

這奇怪的稱呼讓江蓁一頭霧水：「什麼，什麼嬸嬸？」

程澤凱摸了摸後腦勺朝她笑笑，打發程夏和那群小孩去巷子裡找鄰居們要糖。吵吵嚷嚷的小部隊走了，江蓁問程澤凱：「他剛剛叫我什麼？」

程澤凱搖搖頭，睜眼說瞎話：「小孩胡說八道的，我也不懂。」

江蓁歪著頭想了一下，也許是某個卡通人物吧，哼啾阿嚏的，也不像人名。怕她再多問，程澤凱轉移話題道：「來吃飯的？」

江蓁搖搖頭：「就路過，沒想到被小孩攔住了。」

程澤凱順勢邀請她：「那進來喝一杯吧。」

江蓁剛想拒絕，就見程澤凱朝屋裡揚聲喊了句：「楊帆，過來接待客人！」

小服務生立刻跑了過來，看見是江蓁驚喜道：「姐，好久沒見妳了！」

江蓁朝他微微笑了一下，這下拒絕不了了，只能邁步走進去。

今天客人多，大堂都坐滿了，好幾桌都是額外添了椅子。楊帆帶著江蓁去二樓，樓上還有一間包廂。

「姐，最裡面那間，妳先進去坐，我去樓下拿菜單給妳。」楊帆說完就下樓去了。

二樓走廊燈光昏暗，牆壁上掛了風格不同的飾品，沒一樓那麼吵鬧。

高跟鞋踩在木地板上發出咚咚響，江蓁走到走廊盡頭，輕輕打開門，屋裡沒開燈，她伸手在門邊摸到開關。

剛要按下按鈕，屋子裡傳來一聲動靜。

像是布料摩挲的聲音，伴隨著一聲男人的喘息。

江蓁被嚇了一跳，剛想轉身離開就聽到裡頭的人說：「再睡五分鐘，馬上下去。」

那聲音有些含糊，像是半夢半醒中的囈語。

這下她聽出來是誰了。

江蓁墊起腳尖，小心翼翼地往房裡走，也不開燈，就這麼一小步一小步挪過去。

這間包廂裡有一張四人桌，還有一張不算大的沙發。

藉著屋外的銀白月光，她看見季恆秋只有大半個身子躺在上面，一雙長腿無處安放隨意叉著。

這樣的地方肯定睡得不舒服，但他閉著眼睛好像睡得很沉，呼吸平穩。

江蓁悄悄蹲下，抱著膝蓋湊近他的臉。

月光柔和，將他眉骨上的疤映亮，半明半昧之間，他的臉部線條更硬朗，鼻梁高挺，下顎線分明。

江蓁往前靠近一點，她第一次發現，季恆秋的睫毛還挺長的。

看得著迷忍不住又往前湊湊的後果就是江蓁忘了自己還穿著高跟鞋，一個失衡重心不穩就要往前倒。

那一瞬間她屏著呼吸，表情扭曲，兩隻手胡亂揮動抓到沙發扶手，等驚險穩定好後她長吐出一口氣，心臟差點被嚇飛了。

這麼一踉蹌，她的鼻尖離季恆秋的臉頰只有三公分，近得她能數清他有幾根睫毛。

腦子告訴她現在要站起來出去了，身體卻遲遲沒有完成指令。

樓下有車輛駛過，照明燈晃得江蓁閉起眼睛，等再次睜開，眼前一片漆黑，什麼都看不見。

短暫的失明滋生出一個瘋狂的想法，江蓁覺得喉嚨口發澀，咽了口唾沫，心怦怦直跳。

在理智懸崖勒馬之前，她閉著眼睛一低頭，唇瓣落在男人臉上。

上一秒她鼓勵自己：管他呢，這麼好的機會，不親一口多浪費。

下一秒等意識到自己幹了什麼，江蓁一屁股坐在地上，挪動著往後退了好兩步，一臉驚恐慌張，彷彿她才是被非禮的那一個。

這一吻很輕很淺，就像蝴蝶掠過水面又飛走，漣漪都未曾蕩起。

聽到門外走廊響起腳步聲，江蓁一咕嚕從地上爬起，腳步慌張地開門出去，也顧不上發出的響動會不會吵醒沙發上的人。

停下來站穩那一刻她才發現腿在發軟，急促跳動的心臟牽連指尖泛起酥麻感，江蓁背靠在門上捂住胸口，懷疑自己下一秒就會心梗窒息。

剛剛的黑暗太漫長深刻，現在走廊上的昏昏燈光都讓她覺得刺眼不適，江蓁閉了閉眼睛，垂眸盯著腳尖的地板，好像自己是曝光在青天白日下，見不得人的小偷。

楊帆拿著菜單上到二樓，見江蓁站在包廂門口不進去，臉上的神情也有些奇怪。

他走過去問：「姐，怎麼不進去？」

江蓁抬起頭，眼神閃躲地說：「屋裡有人。」

楊帆一拍腦袋，這才想起來秋哥剛剛說累了要上去瞇一下。

「我去叫秋哥起來啊，妳等等。」楊帆說著就要推門。

「欸。」江蓁攔住他，「讓他睡吧，我下次再來。」

高跟鞋踩在木地板上的聲音越來越遠，漸漸消失。

季恆秋在昏暗中緩緩睜開眼睛，維持著原本的姿勢沒動。

他今天五點到店裡，在後廚忙了三個小時。昨晚上睡得晚，一天只睡了三四個小時，到了這個時間抵擋不住睏意，想去樓上睡一下。

沙發窄小，當然躺得不舒服，江蓁開門進來的時候他就醒了，以為是楊帆來喊他下去。

季恆秋抬手摸了摸臉頰，覺得那應該是他意識還未清醒的錯覺。

至於拂在面頰上的呼吸、殘留在空氣裡的淡香……季恆秋不往下繼續想了，他搓了把臉，從沙發上起身，動了動有些發麻的腿。

季恆秋走到樓梯口時，楊帆剛從另一邊包廂裡出來，抬頭看見他，楊帆問：「哥你醒啦？」

季恆秋點了下頭，繼續下樓梯。

「秋哥，美女姐姐剛剛來了，但是看你在睡覺就走——欸哥！」

一聲悶響，季恆秋捂著額頭痛得彎腰。牆上赫然寫著「小心撞頭」四個字，這還是之前季恆秋讓人掛上去的。

楊帆抬手把撞歪了的牌子扶正，體貼道：「哥，你要是沒睡醒就再去休息一下吧。」

季恆秋深呼吸一口氣，咬著後槽牙說：「沒事，沒注意。」

那一下撞得挺猛，正中額角，沒多久季恆秋額頭上就鼓了個包，起碼有鵪鶉蛋那麼大，在臉上很顯眼。

儲昊宇、裴瀟瀟他們想笑不敢笑，陳卓不長眼，指著那包嘿嘿笑道：「哥，你長犄角了欸！」

季恆秋心裡正亂著，丟了一記眼刀過去，威脅他說：「信不信我把你那事抖給周明磊？」

陳卓的朋友，索隆的死忠粉拽哥今天也來店裡了，坐下來第一句話就是：「卓兒，給我看看你手臂，恢復的怎麼樣了啊？」

這話恰好被出來喝水的季恆秋聽見，他看向陳卓問：「受傷了？」

陳卓沒心沒肺，拽哥比他還能損。他撩起陳卓的衣袖，翻過手臂內側，一臉驕傲地朝季恆秋展示道：「我幫卓兒刺的，哥你看，漂亮吧。」

拽哥在刺青店當學徒，剛起步，還沒怎麼扎過人皮，他幫陳卓刺的圖案很簡單，一顆五角星，最普遍的畫法。

黃色線條周圍還泛著紅腫，看樣子剛刺沒多久。

陳卓做了這麼多年叛逆男孩，但兩樣東西是從來不碰的，這也是周明磊定的規矩：酒能喝，菸不能抽；頭能燙，皮上不能刺東西。第一條是陳卓十六歲定下的，後面那條是他認識拽哥以後新加的。

季恆秋抱著手臂，淡淡掃了那五角星一眼，抬眸問陳卓：「周明磊同意了？」

陳卓回：「他當然不同意了，哥你千萬別說。」

季恆秋沒答應，狐疑地看著他，想了想察覺出不對來。

按陳卓的個性，想違抗兄令，不搞個花臂也會搞個滿背，這麼一個不起眼的小星星，用紋身貼就行，心血來潮非要往皮上刻什麼。

季恆秋一口喝完杯子裡的水，涼涼淡淡地說：「不會是在追的女生名字裡有個『星』，你沒那麼中二吧？」

看拽哥捂著肚子笑得前仰後合和陳卓一副吃蘋果吃到蟲子的表情，季恆秋哼笑了一聲，點點頭，心裡明白了。

陳卓一生放蕩不羈，沒怕過誰，渾身上下除了一張臉也沒什麼可取之處，就是特別聽周明磊的話，沒人知道為什麼，問他他也只說：「因為那是我哥！」

季恆秋的視線又落在陳卓的手臂上，莫名覺得那顆小星星是拖著尾巴的隕石，總有一天會把世界砸個天翻地覆。

他沒多說什麼，拍拍陳卓的肩，轉身回了後廚。

忘了自己還有把柄在別人手裡，陳卓立刻收起幸災樂禍的笑臉，諂媚道：「哥你疼不疼，要不要我幫你呼呼？」

陳卓說著就要撅嘴湊過來，季恆秋一巴掌拍開他的臉，沒好氣地說：「滾一邊去。」

後廚裡，程澤凱正在炸薯條，季恆秋圍上圍裙走過去，問他還有幾份。

「沒幾份了，你去把——哦豁，你頭上的包怎麼回事？」

程澤凱抬手戳了下，疼得季恆秋齜牙咧嘴瞪了他一眼，「走路撞的，沒事。」

程澤凱上下打量他，越看越不對勁：「你要是身體不舒服就回家睡覺。」

季恆秋說：「沒不舒服。」

程澤凱用手背貼了貼他臉頰，觸到的皮膚一片滾燙，在擔憂他健康狀況的同時，程澤凱後退兩步拉開兩人之間的距離，同時用手捂住口鼻，說：「那你怎麼臉這麼紅？」

季恆秋挪開視線看向別處，隨口搪塞：「熱的。」

他走到水槽邊打開水龍頭掬了捧水往臉上澆，冰涼的水珠刺激神經，像是按下了回憶的開關，季恆秋閉著眼睛，腦海裡閃過某些畫面。

——同樣的位置，江蓁曾被他用大拇指掰開唇齒，另一隻手按著背把臉送到水流下沖洗。那時候他的動作並不溫柔，帶著點攤上麻煩後的不耐煩，情況緊急，也顧不上想別的。

現在一顆心被她若有似無的一個吻攪亂，和她發生的任何一件事都是火上澆油平添煩惱。

剛被熄滅的燥熱又餘燼復起，季恆秋扯了張廚房用紙胡亂擦了把臉。

「我不舒服，先走了。」

他身後，程澤凱拎著鍋鏟揚聲喊：「把口罩戴好啊！回家量個體溫！」

當時被不知名的勇氣聳動幹了件大事，過後江蓁又回到鴕鳥狀態，把頭死死埋在沙子裡，更不願意見人了。

本來生活就是家和公司兩點一線，偶爾去小酒館坐一坐。現在江蓁為了逃避心裡那團亂麻，把所有注意力都投入在工作上，陶婷在例會時還順嘴誇了她一句最近狀態不錯。

雙十一茜雀就要發售新品，前期宣傳工作也開始步入正軌。

十一月四日，新品廣告在全網上線。

影片的開始是一段灰黑色的空鏡，隨著人聲響起，十二位素人女孩逐一出現在畫面中。這一段的濾鏡色調偏暗，她們面無表情地直視鏡頭，眼裡無光。

──「妳長得不漂亮，就要多勤奮一點。」、「妳不管理一下身材嗎？都這麼胖了。」、「妳其實根本不適合這個。」、「妳是不是幹什麼事都不行？」……

經過後製處理，這一段的音效沉重而壓迫，似惡魔在耳邊低語，壓得人喘不過氣。

最後出現的人是樂翡，她抬眸看向鏡頭，抿著嘴唇，眼神銳利，微微仰起下巴，抬手一拳砸下。

隨著破裂聲，交織混雜的人聲戛然而止，黑暗持續了三秒，隨後新的場景出現。

鏡頭由下至上逐漸推移，一雙精緻的高跟鞋、幹練的黑色西裝，閃耀的耳墜和項鍊，鏡中的樂翡微微俯身，正拿著口紅補妝。

抹完口紅，她輕輕抿唇，理了理頭髮，目光從鏡子移向鏡頭。

──「誰說我不行？」

樂翡獨有的清冷嗓音配上語氣裡的不屑，讓這一句話的輕蔑效果加倍。

最後，樂翡掀起唇角，邁步推開房門。

這是一鏡到底，鏡頭一直跟隨樂翡，看她驕傲自信地踏上紅毯，在聚光燈下高傲奪目，宛如一隻羽毛泛著閃爍光澤的黑天鵝。

鏡頭切換，紅毯入口處走來一群女孩，正是剛剛那十二個。

這一次她們盛裝出席，身穿禮服，妝容精緻，歡笑著陸續進場。

沒有所謂標準的身材和五官，女孩們各有各的風格，這樣的美是從內而外散發的，眼裡的堅定和嘴角的自信是她們最強大的武器。

「誰說我不漂亮？」

「誰說我身材不好？」

「誰說我不能拿第一？」

「誰說我不適合？」

「誰說我什麼都做不好？」

女孩們的聲音漸漸彙聚到一起，形成擲地有聲的一句——「你憑什麼否定我？」

新品廣告的發表也是茜雀以樂翡作為代言人的正式官宣，不到半個小時，「樂翡復出」、「樂翡茜雀品牌代言人」就登上熱門話題，以不容小覷的速度飆升熱度。

這正式開戰前的第一仗，茜雀算是打得響亮又漂亮。

週五晚上陶婷安排部門裡的人聚了個餐，犒勞大家最近辛苦工作。

地點選在一家火鍋店，整整兩大桌的人。陶婷雖然看起來嚴肅，但從來不擺主管架子，開吃前沒說什麼客套話，就祝大家吃好喝好，今天她買單。

江蓁靠著宋青青坐下，她們都快成閨密了，這也是其他同事沒想到的事。本來以為上一次的提案競選過後這兩人會澈底變成死對頭，但明爭暗鬥的職場後宮劇沒看到，反倒是一齣雙女主互愛互助共同成長的勵志劇。

部門裡的關係如今一片祥和友愛，陶婷當初說要兩組競爭，卻意外的讓市場企劃部真真正正成為一個團隊。

江蓁很能吃辣，從牛油麻辣鍋底裡夾起一筷又一筷菜，始終面不改色，只是額頭漸漸冒出一層細汗。

宋青青看她這副氣定神閒的樣子，本來吃著清湯鍋，也想試試辣的。

她一顆鵪鶉蛋剛咬了一小口就被嗆得直咳嗽，江蓁一邊笑一邊倒了杯冰水遞過去。

「怎麼這麼辣啦！」宋青青皺起一張臉，張著嘴拚命斯哈斯哈。

江蓁夾了個紅糖糍粑給她：「辣麼？我覺得還行啊。」

宋青青嚼著糍粑對她比了個讚：「妳是辣妹，妳最辣。」

江蓁就喜歡逗她，尤其愛看平時矜持溫柔的大小姐出糗。

等緩過來了，宋青青喝完杯子裡的冰水，突然冒出一句：「江蓁，其實我原本不喜歡妳，甚至可以說有點討厭。」

江蓁吃著酥肉看她一眼，笑著說：「看出來了。」

要做塑膠姐妹，有些話就不必拿到明面上說，現在宋青青真把她當好朋友，剛剛看氣氛到了，才會說起這個。

「妳總是帶著鋒芒，而且還從來不掩飾，妳身上散發出的光，有的時候會讓別人很不舒服。」

這話江蓁不只聽過一次，早就習慣了，她無所謂地笑笑，問宋青青：「那妳現在幹嘛接近我，別有目的啊？」

宋青青挪了挪椅子湊近她，小聲說：「後來婷姐和我聊天，說到妳了。」

聽到陶婷江蓁不免緊張起來，她問：「妳們說我什麼了？」

「婷姐說，我不喜歡妳，是因為我把妳當成對手，妳強大、優秀、具備我沒有的能力，我忌憚妳，所以才會討厭妳。」

江蓁挑起眉毛張大雙眼，沒想到陶婷還會給她這麼高的評價。

宋青青繼續說：「她還說，妳不是來做我的對手的，我應該把妳當成——」

話到一半她突然停住，江蓁接著她的話問：「當成什麼？」

宋青青瞇著眼睛甜甜笑了下：「當成朋友！戰友！」

直覺告訴江蓁這肯定不是陶婷原話，但沒繼續追問，點到即止，上面那句就夠她受寵若驚的了。

宋青青舉起酒杯碰了碰江蓁的杯子，說：「敬妳，希望我也能像妳一樣殺伐果斷有勇有謀！」

這評價怎麼聽都有些奇怪，但不管怎樣也是褒獎。

江蓁抬起杯子把剩餘的啤酒一飲而盡，不知想到什麼，意有所指地說：「不果斷，有時候也有勇無謀。」

等火鍋吃完已經八點多，街上流光溢彩，城市燈火通明。

大家都喝了點酒，順路的一起坐地鐵或搭車走，陶婷讓部門裡三個男孩分別送一組，到家以後別忘了說一聲。

宋青青喊了家裡的司機來開車，江蓁跟著她走。

最後只剩陶婷落了單，她說有人來接，江蓁本來想八卦一句誰，但話還沒出口就被宋青青拉走了。

車上，江蓁戳戳宋青青，忍不住好奇問：「陶婷不是單身麼？誰來接她啊？」

宋青青專注於手遊，頭也沒抬地說：「主管的事妳少管。」

江蓁扁扁嘴：「我關心她不行啊？」

到家後江蓁和宋青青告別，下了車抬頭一看卻愣了。

二樓的燈怎麼開著？她早上走的時候沒關嗎？

她心裡疑惑著上樓，到家門口按下密碼拉開大門。

江蓁一隻腳邁了進去，另一隻腳卻僵在原地。

四目相對時，她才恍然意識到，她和周晉安上一次見面究竟是多久以前的事。

他什麼時候戴上眼鏡、剪短頭髮，臉還瘦了一圈，和她記憶裡的樣子有了不算小的出入。

「回來啦？」周晉安先開口，端著一碗剛洗好的草莓坐在沙發上，熟絡的像他是這間屋子的主人。

江蓁進屋關上大門，她的聲音還沾著屋外的寒氣，聽起來並不歡迎他的到來：「你怎麼進來的？」

不等周晉安回答，江蓁又接連拋出兩個問題：「你怎麼知道我住這的？你來幹嘛？」

周晉安推了推鼻梁上的眼鏡，面對江蓁顯現出的慍意，他語氣溫和、條理清晰地給出回答：「我來金陵出差，順道過來看看妳。地址是阿姨告訴我的，密碼我猜了兩遍，猜對了就進來了。妳把我的聯絡方式都拉黑了，我沒辦法提前告訴妳。」

江蓁邁步走進去，視線落在玄關旁邊的黑色行李箱上。

周晉安的行李箱用了好幾年了，周邊磨損的很厲害，上面還留著江蓁隨手黏上去的貼紙。

假如周晉安把這間屋子都逛了一圈的話，他會發現這裡已經沒有有關他的任何東西了。

他突如其來的到訪對江蓁來說沒有任何驚喜，只覺得有些可笑。她換了鞋掛好包走進客廳，話裡帶著譏諷：「我來申城快兩年，你也沒少來周邊出差，這還是你第一次來看我，在我們分手之後。」

「蓁蓁。」周晉安仍舊親暱地喊她，向前邁了一步張開雙臂。

江蓁往後退，躲開他將要落下來的擁抱，反問他：「你說我賭氣，你自己不是也一樣嗎？」

懷裡落了空，周晉安收回手，他沒有回應江蓁的質問，再聊這個又要吵，他今天不是來讓這段關係更糟糕的。

江蓁也不想和他吵，這一天已經夠累了。她疲憊地呼出口氣，像從前無數次一樣微微仰頭看著周晉安，只是眼裡再也沒有笑意，說出口的話也冷冰冰的：「沒事的話我要休息了，你早點回去吧。」

「江蓁。」周晉安伸手握住她的手臂。

江蓁甩開，側身躲了躲拉開兩個人的距離，她的耐心快消耗殆盡，再開口時眼眶紅了一圈，每個字都咬得很重：「你不想我報警說有人私闖民宅吧，周老師？」

周晉安擰眉看著她，想說的話終究還是咽了回去，半晌他點點頭：「妳早點休息，我們明天再聊。」

房門落上鎖，周晉安走了。

江蓁長嘆聲氣，放鬆肩背癱坐在沙發上，抬起一隻手臂擋住眼睛，腦子裡亂糟糟地冒出好多事情，擠得她頭疼。

她和周晉安應該有一年沒見了，連分手也是在電話裡完成的。

分的不算乾淨，有些話沒說清楚，在江蓁這裡他們已經徹底 Game over，但對周晉安而言這似乎只是又一次的中場暫停。

江蓁從包裡摸出手機，在黑名單裡把他釋放出來，點開聊天室傳了一則訊息過去。

江蓁：『明天見吧，我公司樓下的星巴克。』

對方立刻回覆。

周晉安：『好，今天是我不對，妳早點休息。』

江蓁關上螢幕放下手機，剛要起身去洗漱就聽到電話鈴聲響起。

是她媽打來的，江蓁按下接聽把手機放到耳邊，「喂，媽。」

『蓁蓁啊，在幹嘛呢？』

江蓁揉揉眼睛，打了個哈欠說：「準備洗澡睡覺了。」

『晉安在不在妳那裡啊？我讓他帶了兩瓶醬牛肉給妳，妳記得放冰箱裡啊。』

電話那頭她媽喊周晉安的語氣親暱，還把人當女婿看，不然也不會把她的新家地址給他。

一直沒聽到江蓁回話，江母連續『喂』了幾聲，察覺到氣氛不對勁：『怎麼了呀，和他又吵架啦？蓁蓁，妳要懂點事，感情是經不起折騰的。』

江蓁一瞬間無奈得有些想笑，她深呼吸一口氣，卻抑制不住心裡的委屈和憤懣：「我不懂事？我真不懂事嗎？我就是太懂了才跟他過不下去！」

最後一句近乎是吼出來，說完江蓁就掛了電話，把手機靜音扔到沙發上，不想再管它。

空氣裡留著周晉安身上的男士香水味，是江蓁以前送給他的，CREED 銀色山泉，純淨的泉水摻雜柑橘、茶香和黑醋栗，清冽又溫柔。

以前再喜歡這味道，現在也只覺得嫌惡。江蓁踩著拖鞋從浴室架子上拿了一瓶她的香水，打開蓋子對著空氣就是一頓猛噴，等覺得馥鬱的花香徹底覆蓋殘留的男香才甘休。

茶几上放著一碗草莓，已經摘掉了葉子，掛著水珠，鮮紅飽滿。江蓁抄起那碗剛要倒進垃圾桶，想了想還是不能浪費糧食，辜負誰也不能辜負大草莓。

她抱著碗盤腿坐在沙發上，一口一個把草莓全吃光了。

把空了的玻璃碗拿到廚房洗乾淨放回架子上，江蓁還是覺得心裡不舒服，她把目光落在大門的密碼鎖上。

新家的密碼她換過，不是以前常用的，但是周晉安仍舊能夠輕易猜出來。

他們在一起五年，對彼此的喜好和生活習慣瞭若指掌，這個事實像一根小刺卡在江蓁的喉嚨口，拔不乾淨，存在著又讓人反感。

江蓁蹲在門口對著那鎖研究了半天，終於妥協，確認自己把更換密碼的步驟忘得一乾二淨。

她回屋拿手機，點開聊天軟體找程澤凱求助。

江蓁：『門鎖密碼怎麼換？我忘記了。』

等回覆的過程中江蓁又回到門口，一個人亂弄，什麼鍵都試著按按，門鎖嘀嘀嘀一直響。

大概兩分鐘後程澤凱回了訊息。

程澤凱：『阿秋在家，我跟他說了，妳等等，他馬上來幫妳。』
江蓁剛看完螢幕上這行字，就聽到樓上傳出開門聲。
還沒等她反應過來，季恆秋已經站到她面前。
他穿著長袖T恤和運動褲，踩著一雙灰色拖鞋，很居家的打扮。
「要改密碼？」季恆秋問。
江蓁絞著手指點點頭，她偷偷摸摸做了虧心事，心虛不敢抬頭看人家。
季恆秋走到門前，江蓁立刻往旁邊退了一步讓位置給他。
「按這裡。」季恆秋一隻手插著口袋，在畫面上按了兩下。
江蓁站在他左後方的位置，偷偷盯著他的臉看，根本沒注意他手上怎麼操作的。
沒兩秒，季恆秋轉頭對江蓁說：「來輸新的。」
「哦哦。」
江蓁伸出右手食指，猶猶豫豫輸了好幾遍還是沒按下確定。
她慣常愛用的數字和值得紀念的日子，周晉安統統知道，想要找到一個她記得住他又猜不出來的太難了。
刪刪改改了半天，江蓁有些不耐煩了，心裡一躁，她抬頭問季恆秋：「你生日什麼時候？」
季恆秋正抱著手臂看別處等她輸好密碼，沒想到會被問這個問題，怔愣地轉過頭指著自己問：「我？」

「對，你。」

季恆秋老實回答：「五月二十。」

江蓁問：「一九八七年五月二十？」

季恆秋點頭：「對。」

「一九八七年五月二十。」江蓁嘀咕著重新輸好數字，按下確定鍵，抬頭問季恆秋：「下一步呢？」

季恆秋看著她，目光卻沒有聚焦，神情呆滯。

江蓁提高聲音又問一遍：「然後呢？」

再開口時季恆秋有些結巴了，他語無倫次地回答：「啊，那個、再、那個再輸一遍就好了。」

江蓁按照要求再次輸了一遍：「這樣就改好了對吧？」

季恆秋：「改好了。」

江蓁朝他笑笑：「謝謝你啊，麻煩了。」

季恆秋喉結滾了滾，說：「不麻煩。」

江蓁揮揮手：「那，再見，晚安。」

「再見。」

話音未落季恆秋就倉促挪開視線，轉身上樓。從剛剛開始他整個人就變得魂不守舍，上樓梯時腳沒抬高磕在臺階上還差點拌了一跤。

看他搖晃著踉蹌一下，江蓁把那兩個字還了回去：「小心！」

季恆秋重新站直，在原地調節好呼吸，他清清嗓子，若無其事地繼續上樓。

等回到自己家，季恆秋邁著大步走向冰箱拿出一瓶啤酒，拉開拉環就往下灌。冰涼的液體流過胸膛，有如鎮定劑短暫發揮了效力，季恆秋深呼吸幾下，試圖穩住越發不可控的急促心跳。

什麼情況下一個女人會用另一個男人的生日做密碼？

季恆秋覺得腦袋脹得發暈，一罐啤酒喝完，他捏扁易開罐丟進垃圾桶。

十一月的申城，夜晚十點，寒風凜凜，颳得玻璃窗打顫。

在這大冷天，季恆秋先是一口悶完了一罐冰啤酒，接著又穿著單衣跑到陽臺吹夜風。手指凍得發紫，體內血液循環也在減慢，季恆秋不知道還能做什麼可以讓自己恢復如常，不再滿腦袋只剩下一句——「完蛋，她是不是喜歡我。」

第九杯調酒

六點下班時間到，江蓁卻沒急著走。她繼續坐著，不慌不忙地打一份截止日期為時尚早的報告。

等分針滑過半張圓，辦公室裡基本空了，她才慢悠悠地起身拎包下樓。

公司樓下的星巴克總是坐著一群自習或工作的人，網友調侃他們是氣氛組，各自占據一張座位，戴著耳機沉浸在自己的事務中。

這樣的環境對於江蓁來說卻很有安全感，大家共處在同個公共場所，卻又對彼此漠不關心，連視線無意相撞的機會都很少。

夜幕四合，天暗了下來。店裡沒什麼客人，周晉安坐在一個靠窗的位子，看到江蓁，他站起身揮了揮手。

他依舊喜歡毛衣套襯衫，再裹一件深色長大衣，現在鼻梁上多了一副細框眼鏡，更有為人師表的氣質了，溫文爾雅，穩重又內斂。

江蓁坐到他對面，桌子上擺了兩杯咖啡，她拿起面前的這一杯，還是溫熱的。

「等很久了？」

周晉安搖頭：「沒。」

江蓁淺淺笑了笑，沒再說什麼。周晉安向來不會因為這些小事生氣，事實上他鬧情緒的次數很少。

比起昨天的劍拔弩張，今天的江蓁溫和了不少，兩個人隨口聊了些近況，都是無關緊要的日常。

交談中他們面上若無其事，其實心裡都能隱隱感知到，他們和對方越來越遠了。

咖啡店的燈光昏暗橙黃，照得整間屋子暖洋洋的。

許久之後，話題兜兜轉轉，終於繞回到他們之間。

江蓁抿了一口拿鐵，啟唇說：「其實你來找我，也不是為了爭取什麼。你就是想著，過來看看我，如果我還放不下你，那就順勢和好，對吧？」

周晉安沒有正面回答她的問題，只說：「其實我們各自都退一步，還是能好好過下去的。」

江蓁斂目低頭笑了：「各自都退一步，我們變成另外一種樣子再勉強過下去。但是周晉安，你當初喜歡我的時候，不就是這樣嗎？你不愛了，就要我變成另外一種樣子，對你來說愛情是這樣的嗎？總要有人妥協、總要有人犧牲。」

周晉安看著她，沉默了很久才開口說：「蓁蓁，我知道妳不想依附誰生活，妳想要的我會盡力配合，這些我們都可以再商量。」

江蓁的目光在他臉上停留，卻沒有望進他的眼睛裡，他們隔著一張木桌，卻好像已經距離萬水千山，再也猜不透看不清曾經緊緊貼在一起的另外一顆心。

兩年前她想結婚，周晉安說現在還不適合，讓她再等等。

其實不是多大的事，都有自己的想法和考量，沒有誰對誰錯。

但是當第一條裂縫出現以後，離文離破碎就不遠了。

周晉安和江蓁開始為了雞毛蒜皮的小事爭吵，會冷戰半個月不聯絡，然後又因為某個契機和好。

反反覆覆，像偶爾被扔進一塊石頭的湖，平靜時沒滋味，掀起波瀾又覺得吵鬧。

大概一年多前，周晉安晉升為副教授，家裡擺了兩大桌為他慶祝。那天晚上很熱鬧，江蓁坐在周晉安身邊，聽著所有親朋好友輪番誇他們般配。

開席前周晉安起身說了兩句話，向大家介紹江蓁時，他用的稱呼是「我的未婚妻」。

當時氣氛因為這聲「未婚妻」澈底點燃，大家起鬨歡笑，周晉安的父母臉上藏不住笑意，兒子立業又成家，沒有什麼比這個更美滿。

所有人笑容滿面，除了江蓁，她沒有驚喜，沒有感受到得償所願。

她在喧鬧中放平了嘴角，掙脫開周晉安牽著她的手。

有人揚聲問：「晉安和小江打算什麼時候結婚啊？」

在周晉安說話之前，江蓁微笑著回答：「現在不適合結婚，我工作還沒穩定下來，再等等吧。」

她一說完氣氛立刻就變了，賓客們面面相覷，周晉安臉色沉了下來，看著她欲言又止。

江蓁說的這句話是他當初的原話，她現在一字不差還了回去，知道不該說，知道會掃興，知道沒情商，但她還是忍不住說了。

在說出口的一瞬間，出於某種報復心態，江蓁覺得很痛快。

痛快之後才是難過。

原來結不結婚這件事，不是基於他們的感情走到了哪一步，而是要看周晉安的人生步入什麼階段。

他要先顧事業，婚就不該結，他事業穩定了，就該結婚了。

而江蓁的人生，在這件事裡，好像連參考價值都沒有，一切理所應當。

這不是江蓁渴望的婚姻，這也稱不上愛情。

原先的工作江蓁並不喜歡，當時為了跟隨周晉安留在渝市才做的選擇，她早就想換了。為了向他證明她不是隨口一說，江蓁這次沒再猶豫，乾脆俐落地辭了職，又向一直感興趣的茜雀遞了履歷。

走之前的晚上周晉安沒來送她，只在電話裡反覆向她確認：『妳是不是真的想好了？』

她媽嘆了一聲又一聲的氣，說著她怎麼這麼不懂事。

江蓁平靜地收拾好行李，她一旦做了決定，就是不撞南牆不回頭。

來申城的一年多裡周晉安和她的聯絡不算多，彼此心照不宣，有些話不能再像以前那樣肆無忌憚地聊了。他們中間有了一塊布滿地雷的危險區，一不小心就會炸得粉身碎骨。

感情早就被消磨褪了色，只是分開的一年篩去了磕絆的砂礫，留下那些美好的回憶誘惑自己囿於過去。

哪有什麼放不下，就是覺得可惜罷了，等胸口鬱結的那團氣舒出去，回過頭看有什麼大不了的。

星巴克的玻璃門被推開，帶進一陣冷空氣，吹得皮膚泛起小疙瘩。

江蓁回過神，笑著道：「算了吧，別勉強了，我們每天這麼努力生活，不是讓自己將就的，你應該擁有一個更好的，我也一樣。」

手邊的咖啡已經完全冷卻，江蓁拿起搭在椅背上的外套，用調侃的語氣說了一句：「周老師，我沒了你可以生活得好好的，但你離開我好像就不行了欸，瘦了這麼多。」

周晉安愣了一瞬，隨後也笑了：「沒人拉我吃垃圾食品，飲食健康就瘦了唄。」

話說開了，離別時兩個人走得很坦然，也沒約吃頓飯，怪矯情的。分手不需要那麼多儀式感，大家想明白了，釋懷了就行。

上了計程車，江蓁戴上耳機聽歌，望著窗外一閃而過的夜景發呆。

沒多久，車子到達目的地靠路邊停下，江蓁付完款開門下車。

如往常一樣，小巷子幽深僻靜，公寓裡亮起寥寥燈火。

秋風吹亂髮絲在耳邊呼嘯，在夜深人靜中，江蓁聽到來自心底某一處的聲音，像召喚像誘導——去喝酒吧、去忘掉妳的煩惱。

屋簷上風鈴叮鈴噹啷地響，江蓁推門而入，身上的寒氣被屋裡的溫暖包裹融化。

楊帆看見她，笑得陽光：「姐！妳來啦！」

江蓁跟著他往裡走，到了吧檯前，意外地發現季恆秋也在。

來就是做好了面對他的準備，江蓁拉開旁邊的高腳凳坐下，十分自然地問他：「今天不忙啊？」

季恆秋手邊一杯啤酒，已經喝了大半，他還未張口，陳卓就先搶話道：「姐，妳不知道吧，我們店裡來新廚子了，秋哥做甩手掌櫃了。」

江蓁挑眉看向季恆秋，覺得有些意外：「真的啊？」

季恆秋聳聳肩，一本正經地玩笑道：「嗯，我退休了。」

江蓁當了真，失望地「啊」了一聲：「那以後都吃不到你做的飯了嗎？」

季恆秋沒回答，只問她：「妳想吃什麼？」

江蓁想了想：「蛋包飯吧，上次吃了一次，很好吃。」

「行。」季恆秋把杯子裡剩餘的酒一口喝完，從椅子上起身走進後廚。

一旁，陳卓和楊帆你看我我看你，二臉茫然。

「楊帆，我看錯了麼？」

「秋哥真的去做了？」

「嘖嘖，嘖嘖，嘖嘖嘖……嘶——」

程澤凱拎著菜單本子，一人腦袋上來了一下：「這麼閒？聊什麼呢。」

楊帆一驚，回頭看是程澤凱，立刻乖乖回去工作。

陳卓拉著程澤凱，用眼神示意他看江蓁，小聲說：「我看秋哥完了，深陷美色，鬼迷心竅的。」

程澤凱失笑，又給他腦袋上來一下：「給我工作去，少在這說老闆八卦。」

江蓁聽到程澤凱的聲音，轉頭和他打了個招呼。

程澤凱回以一笑，問她：「點菜了嗎，今天來杯什麼？」

江蓁瞥了手邊空了的玻璃杯一眼，說：「啤酒吧，冰的。」

陳卓應了句「行」，從架子上拿了杯子，透黃色液體冒著泡沫將冰塊縫隙填滿，麥芽香氣醇厚。

江蓁一邊喝著啤酒一邊在吧檯和程澤凱閒聊了兩句，話題圍繞在他兒子程夏身上。

程澤凱說小孩今年五歲，在幼稚園上中班，看起來挺乖，其實也皮。

他經常在社群上發程夏的照片，但江蓁從未聽他提過孩子媽媽，他手上也沒戴婚戒。

她心裡雖好奇，但不該問的沒多問。想起上次答應要給小朋友糖，江蓁從包裡拿了一塊巧克力，托程澤凱轉交給程夏。

程澤凱接過，替兒子說了聲謝謝。

沒多久，季恆秋端著一盤蛋包飯出來了。

江蓁心滿意足地拿起勺子開動，點了好多天外送，終於吃到一頓像樣的晚飯了。

陳卓一聞香味也饞了，喊季恆秋：「哥，我沒吃晚飯，我也想吃蛋包飯。」

季恆秋眼皮都沒掀一下，冷著聲音說：「找秦柏。」

秦柏就是店裡新招的廚師，剛來沒兩天，他來之後季恆秋就不太做飯了。

招新人的事程澤凱說了很久，不知道季恆秋為什麼突然改口答應了。

他現在從主廚的位置上退了下來，還說等過了年再招兩個幫廚，二樓也重新裝潢一下，添兩張座位。

以前整天待在後廚，多佛系多隨性的一個人，現在突然對店裡的生意規劃上了心，真有點老闆的樣了。

程澤凱看他難得積極起來，立刻安排招聘。秦柏是北方人，擅長麵食，廚藝不說多精湛，但人樣貌周正，做事又沉穩，程澤凱和季恆秋都覺得不錯，就把人留下了。

陳卓熱臉貼冷屁股，自討沒趣。

程澤凱拍拍他肩，安慰說：「找老秦去吧，他肯定做。」

陳卓癟著嘴，在季恆秋背後低聲罵：「色迷心竅！」

江蓁吃飯的時候，季恆秋就在一旁坐著，沒再喝酒，拿了罐雪碧。

頭頂的電視機播著球賽，季恆秋看得專注，江蓁不感興趣，為了刷存在感，她沒話找話問道：「這是哪個聯賽？」

季恆秋轉頭看向她，說：「西甲。」

「西班牙？」

季恆秋點了下頭，收回目光重新看向電視螢幕。

過了一下，江蓁又湊過來問：「今天是誰打誰啊？」

「韋斯卡和埃瓦爾。」

陌生的兩個名詞讓江蓁抿唇皺了皺眉，但還是硬著頭皮繼續問：「那你覺得誰能贏？」

季恆秋中肯評價：「不知道，實力差不多吧。」

江蓁咬了口炸雞塊，繼續問：「那秋老闆，你最喜歡哪個球隊？」

——江蓁喊習慣了，還是叫他秋老闆，季恆秋也無所謂稱呼，任由她這麼叫。

季恆秋說：「拜仁慕尼克。」

「為什麼啊？」

「強。」

「那你最喜歡哪個球星？」

「萊萬多夫斯基。」

「為什麼？」

「……」

季恆秋側過半邊身子面無表情看著她，停了幾秒後開口：「考慮過去體育頻道應聘麼？」

江蓁愣了愣，反應過來後彎了眼睛鵝鵝鵝地直笑。

每次季恆秋面不改色噎人的樣子都特有意思，精準戳中她奇怪的笑點。她笑得不顧形象，卻又帶了點別樣的真實可愛，很有感染力，季恆秋借著喝水的動作，不動聲色地彎了彎唇角。

笑夠了，江蓁停下，舀了一大勺的咖哩飯，嚼著嚼著突然放慢了動作，心思飄到了別處去。

一口飯她心不在焉地吃完，腦子全是剛剛分別時周晉安說的最後一句話。

在車水馬龍的街道邊，華燈初上。他看著江蓁，微微笑著，眼神還是溫柔的。

周晉安說：「江蓁，找個不會讓妳哭的男人不稀奇，妳要找一個能讓妳多笑笑的人，別像我一樣，太無趣了。」

聽的時候沒放在心上，現在無意中拿出來琢磨一遍，她似乎明白了周晉安的意思。

江蓁抬起玻璃杯喝完剩餘的酒，杯底殘留一層白色泡沫。

啤酒杯擱在桌子上發出一聲悶響，她轉頭問季恆秋：「你會講笑話嗎？」

季恆秋已經漸漸習慣她跳躍的聊天思緒，面對莫名其妙的一句疑問現在也能面不改色地配合她說下去。

「我想想啊。」季恆秋刮了刮下巴，想了一下問她，「妳猜吸血鬼愛不愛吃辣？」

江蓁點點頭，猜道：「愛吧。」

「不。」季恆秋否定，又說，「因為他們喜歡吃 blood。」

大眼瞪小眼三秒過後，江蓁挪開視線，本想低頭戰術性喝水緩解陡然冰凍住的氣氛，卻發現杯子已經空了。她閉了閉眼，猶豫著現在開始笑會不會稍顯刻意。

季恆秋吸了下鼻子：「不好笑啊。」

江蓁：「啊。」

季恆秋倒也沒表現的很受挫，坦然承認：「我不擅長這個。」

江蓁這時倒是很真情實意地笑了出來，連連點頭肯定他：「嗯嗯，秋老闆不是幽默擔當，你是門面擔當。」

「什麼、什麼擔當？」

江蓁傾身向他湊近一點，放慢語速又說了一遍：「門面擔當，說你長得好看。」

淡淡的玫瑰花香拂了過來，隨著她說話的動作，鼻尖的小痣一顫一顫。

易開罐捏在手中變了形，瓶身凹陷發出「啪嗒」一聲，細小的動靜隱匿在大堂的人聲喧鬧裡。

季恆秋的喉結滾了滾，耳膜微微發顫，外界的聲音變得模糊遙遠，他只清晰地聽到自己的心跳聲鼓鼓有力，逐漸亂了節奏。

她是不是喜歡自己，這是季恆秋尚未得解的猜測。

現在他唯一可以確定的是，江蓁這個人在他這裡不一樣了。

和以前不一樣，和別人不一樣。

季恆秋用右手握拳抵住左胸膛，在劇烈的跳動下心底某一處開始疼痛，起先是一點，逐漸擴散包圍，讓整顆心臟都縮緊，呼吸變得小心翼翼。

原來心動的本質是不難受的疼痛。

那是來自愛神丘比特的一箭。

那是一切甜蜜和苦澀的起始，從今往後，心蕩神怡，再也不能自已。

程澤凱走進後廚，看見季恆秋在水槽洗碗，眨眨眼睛不敢相信。

「哦豁，我沒看錯吧？瀟瀟呢？怎麼是你在洗碗？」

季恆秋的袖子擼至手臂，正拿著一塊菜瓜布仔細擦拭瓷盤上的汙垢，他沒理程澤凱，安靜地繼續做他的洗碗工。

倒是前檯的裴瀟瀟聽到自己的名字，提著聲音喊：「程哥，秋哥說他來洗的，我沒偷懶啊！」

程澤凱抱著手臂繞著他走了半圈，目光上下打量他：「不是吧，以前連師父都叫不動洗碗的人，今天發什麼風啊？」

季恆秋把洗淨的盤子放在瀝水架上，用手肘撞了撞程澤凱，趕他：「沒事就出去，礙手礙腳。」

程澤凱咬著牙朝他揮了揮拳頭，隨即又哼笑了一聲，他才不走呢，直接一屁股靠在水槽邊，交疊著長腿擺出舒服的姿勢，從口袋裡摸出一塊巧克力。

季恆秋嘴裡猝不及防被塞了一塊巧克力，想吐又沒地方吐，他皺著眉，叼著那塊巧克力口齒含糊地問程澤凱：「幹嘛？」

程澤凱把剩餘的巧克力塞進季恆秋圍裙口袋裡，說：「江蓁送給夏兒的，小孩禁糖禁巧克力，這個我單方面決定轉贈給你了。」

季恆秋睫毛顫了顫，嘴一張，把巧克力整塊含進嘴裡。草莓口味的，帶著些榛果碎，甜得他喉嚨口發膩。

季恆秋清清嗓子，話是埋怨，語氣卻聽起來挺滿足：「壞人倒是我來做了，好像我搶小孩吃的一樣。」

程澤凱笑笑：「欸，怎麼說也是人家一片心意，你這叫替小孩承擔。回頭記得好好謝謝人家江蓁，多好一個女孩。」

季恆秋點點頭，應下：「知道了。」

程澤凱敏感地察覺到什麼，但沒說出來，他拍拍季恆秋的肩，站直身子出去了。

天氣一天一天降溫，不到十二月，寒風就吹得人受不住，今年的秋冬格外冷。

陸忱打電話過來時，江蓁正坐在酒館裡，手邊一杯酒，面前一盤餐。

『喂，蓁，在幹嘛呢？』

「我還能在哪，酒館吃飯。」

『又去了啊？』

江蓁的目光穿越大堂落在前檯：「嗯，又來了。」

『妳這個禮拜天天都去了吧？酒館還是食堂啊？』

江蓁沒回答，也沒話回答。

她最近是天天都來，風雨無阻，比在這打工的還勤快。

程澤凱看她每天按時出現，調侃說要不要把江蓁也招進店裡，陳卓說那職位應該是吉祥物吧。

江蓁當時聽了笑而不語，心裡想：姐可不是來當吉祥物的，姐要進這家店那也是為了老闆娘的位子。

陸忱在電話那頭繼續說：『那家酒館真的那麼好吃啊？什麼時候我也去見識見識，被妳說得這麼神。』

江蓁換了隻手拿電話，用牙籤插了一顆草莓放進嘴裡：「菜好不好吃我一個人說了不算，但老闆是挺帥的，我可以保證。」

陸忱聽出話外之意，興奮地起鬨：『哦喲哦喲，我就說呢，怪不得天天跑人家店裡去，原來是秀色可餐。到哪一步了呀？準備怎麼攻略人家呀？』

江蓁的視線跟隨季恆秋的走動到了吧檯，她說：「還沒的事，我就是想來確認一下。」

『確認什麼？』

「久看不厭還是三分鐘熱度，我要先確認這個。」

陸忱沉默了一下，帶著笑意說：『江蓁，這不太像妳的作風啊。』

江蓁笑了笑，沒說話。

確實不太像她，以前的江蓁認準目標之後會立即執行作戰計畫，在感情上勇敢而主動。

這一次她沒讓自己跟隨衝動走，她穩住節奏緩下來，慢慢走近這個人。

她不是不夠喜歡季恆秋，才不堅定不果斷。

恰恰相反，她太喜歡季恆秋了，太清楚這個人在她生命裡出現有多難得，所以才不能急，不敢急。

她沒有辦法承受任何一點差錯，所以她要先確認清楚，自己是真的喜歡，還是心血來潮。

如果是前者，那之後就好辦了；如果是後者，那她不能去打擾人家，自己也不願意讓這份原本美好的悸動變了質。

陸忱問江蓁：『那這「三分鐘」什麼時候才算完？都一個多禮拜了吧。』

江蓁正要開口，面前不知何時來了個女人，她仰起頭，見對方對她微微笑了下。

是個氣質很好的美女，留著棕色長捲髮，穿著素淨長裙和米白色風衣，襯得她整個人纖細又溫婉。

江蓁輕聲問她：「有事嗎？」

女人指指她正在坐的雙人座位，語氣帶著歉意：「不好意思，這個座位對於我來說很特別，如果可以的話，您能換個位子嗎？」

見江蓁沒反應過來，她又進一步隱晦地解釋：「是我和他相遇的地方。」

美女的要求一向難以讓人拒絕，何況還是個勇敢追愛的美女，江蓁自然應好，起身讓座。

看到這裡的動靜，店裡的服務生過來了，江蓁剛想讓他幫忙挪一下餐具，就見他突然止步睜大眼睛倒吸一口氣，一副見了鬼的樣子。

江蓁正疑惑，後面季恆秋也跟著走了過來，臉色同樣不好看。

她還沒張口，就聽到旁邊的女人用最親暱嬌柔的語氣喊——「阿秋！」

這一聲有如春寒料峭的第一縷風，帶來的只有無邊寒意，吹得江蓁打了個哆嗦，吹得她搖搖欲墜，理智即將全線崩塌。

凳腳拖在地板上發出刺耳的聲音，江蓁保持得體的微笑，優雅地坐下。

通話突然中斷，陸忱趕緊傳訊息戳她，問她那發生什麼事了。

江蓁一邊拿著手機回訊息給陸忱，一邊用餘光留意旁邊那桌的一舉一動。

季恆秋和女人面對面坐下，在江蓁讓出來的雙人座，一個冷著臉，一個含著笑。

江蓁不難猜出兩人的關係，她輕輕嗤笑了聲，心裡腹誹最近是什麼前任詐屍多發季節。

江蓁回覆陸忱：『狗血劇情，他前女友來找他了，正好被我撞上。』

陸忱：『我靠？不是吧？』

江蓁把頰邊的頭髮捋到耳後，撐著頭隨意滑著手機螢幕，其實注意力全在那桌上。

女人斷斷續續說了很多話，季恒秋的態度還是一樣冷淡，沒給什麼反應。

詳細聊了什麼江蓁聽不清，無非就是那些話。

——我還是想你，我還是忘不了你，離開你我才發現你有多好。

江蓁越想越煩，一顆新鮮飽滿的草莓被叉子攪得稀爛，碗底一片紅色汁水，就像她此刻酸悶又混亂的內心。

陸忱看熱鬧不嫌事大，問：『怎麼樣？他們現在什麼情況啊？』

江蓁放下手機，抬起酒杯喝酒，佯裝無意地往那瞟一眼。

本想借機看看情況，卻猝不及防對上了季恒秋的目光。

他背靠在椅背上，姿態隨意，直直盯著她，不知道已經看了多久。

四目相對，江蓁心跳漏了一拍，像是被當場抓包的小偷，屏著呼吸不知所措。一口酒嗆在喉嚨，她難受地咳嗽了幾聲，整張臉都泛起紅。

手機響起提示音，江蓁撫著前胸，平緩好呼吸點開通知。

這次不是陸忱的訊息，是季恆秋。

他說：『別亂想。』

江蓁猛地抬起頭看他，他已經收回目光，左手手指在桌面有節奏地敲打，視線低垂不知道想什麼。

他不是個合格的聽眾，對面的女人也察覺到他的心不在焉，不自覺提高了聲音。

這一次江蓁聽清楚了，她說的是：「阿秋，我真的很後悔，我們可以重新試試嗎？」

她伸手越過桌面，握住季恆秋的手腕，語氣誠懇道：「之前的事對不起，這一次我不會放手了，真的。」

「啪——」

玻璃花瓶跌落在地上，發出清脆的破碎聲，風蠟花的花瓣散了滿地。

這一聲驚動了屋裡所有人向江蓁看過來。

她的手還舉在半空，面對一地碎片不知所措。

長髮從耳邊滑落遮住側臉，江蓁低著頭，季恆秋看不見她臉上的表情。

他蹙了蹙眉，心裡的不耐煩終於到達臨界值。

除去開頭一句「妳來幹什麼？」中間一直是陸夢在滔滔不絕，季恆秋一言不發。

他的態度前後就沒變過，也根本沒在意陸夢說了什麼，只想快點打發她走，以及別讓江蓁誤會了。

季恆秋嘆了一聲氣，開口道：「當初程澤凱介紹我們認識，我覺得妳是個很好的女孩，和妳在一起也挺開心，我謝謝妳曾經帶給我的所有，也沒怪過妳後來做的任何決定。我說過，我能理解，妳也不是第一個這樣做的人，妳不用覺得抱歉。」

他抽回自己的手，沒留任何餘地，一句話結束所有：「陸夢，緣已至此，沒必要了。」

說完，季恆秋起身離開。

楊帆拿了掃把過來清理，江蓁還立在原地，手指絞在一起，不知道是覺得歉疚還是沒從驚嚇中緩過來。

季恆秋走過去，抬手撫了一下她的後腦勺。

江蓁抬頭看向他，輕聲道歉：「對不起啊。」

季恆秋問她：「嚇著了？」

江蓁搖搖頭，像是才想起什麼，轉頭看了看，問：「剛剛那個女的呢？」

「走了。」，季恆秋抽了兩三張紙巾，蹲下身子四處擦了擦，確認地上沒有殘留的碎片。

江蓁用指甲掐著手背，試探著問道：「你們是什麼關係啊？」

季恆秋站起身，包好紙巾團成團扔進垃圾桶，不鹹不淡丟出三個字：「沒關係。」

江蓁撇了撇嘴，嘟囔：「沒關係還牽手。」

剛剛那一幕澈底刻在她的腦海裡，感覺像是吞了一萬顆的檸檬，酸得抓心撓肺。

江蓁從包裡拿出一瓶乾洗手，用力擠了一泵在手背，誇張地「哎呀」了一聲：「我擠得有點多。」

她順勢抓住季恆秋的左手，蹭了點乾洗手上去：「你也洗洗手。」

江蓁帶了點歪心思，沒立即鬆手，就這麼抓著幫他把乾洗手抹開，尤其是手腕的地方，她反覆搓了好兩下。

「好了。」

季恆秋一隻手插著口袋，一隻手伸著任由她搓捏，收回來的時候手腕都擦紅了。

江蓁的手很小巧，白皙纖細，掌心是暖的。

季恆秋把右手從口袋裡抽出遞了過去，說：「還有這隻。」

江蓁打開蓋子在他手背擠了一泵，見季恆秋還是伸著手，她眨眨眼睛：「自己擦呀。」

季恆秋眼裡的期待瞬間湮滅，他「哦」了聲，胡亂抹了兩下。

不知道誰通的風報的信，今天晚上程澤凱原本是帶程夏打羽毛球，不打算來店裡，一聽說陸夢來找季恆秋了，一甩球拍抱起兒子就趕了過來。

店裡已經恢復如常，那一幕小小的插曲似乎沒有帶來任何影響，又像是蝴蝶煽動了翅膀，暴風雨前總是平靜，海嘯只是還未來襲。

季恆秋看見程澤凱，有些意外，問他：「不是說今天不來了麼？」

程澤凱當然不能說實話，有兒子在藉口總是不難想，他指指程夏說：「還不是他，吵著要吃冰糖草莓。」

季恆秋一把拎起程夏，剛出去運動過，小孩身上熱乎乎的，抱在懷裡手感很好。

「對不起啊夏兒，冰箱裡沒草莓了，明天再做行不行？」

程夏乖巧點頭，興奮地揮了揮手：「好欸！」

程澤凱卻疑惑起來：「我昨天不是買了兩盒，誰吃了？」

季恆秋心虛地咳嗽了聲，迴避視線眼神閃躲。

程澤凱瞇起眼睛：「是不是陳卓這小子？還是裴瀟瀟？」

季恆秋不想他再多問，直接說：「我吃的，明天賠給你。」

程夏眼睛尖，看到大堂裡坐著的江蓁，指著她大聲喊：「哼啾嬸嬸！」

江蓁聽到動靜，抬頭看過來，見是上次的小柯南，朝他笑著揮了揮手。

季恆秋把他放下，轉頭質問程澤凱：「你教他的？」

程澤凱舉起雙手為自己澄清：「我可沒有啊，我上次給他看江蓁照片，問他這個阿姨和你恆秋叔叔配不配，他就開始這麼喊了，小孩聰明，我可沒教啊。」

季恆秋對這話半信半疑，沒再深究下去。

江蓁走了過來，彎腰捏捏程夏的臉，問他：「給你的巧克力吃了嗎？好不好吃啊？」

這一句話讓在場的三位男性都傻了，兩個男人是出於做壞事即將暴露的驚慌失措，小孩是全然不知此事覺得不解。

程夏滿臉天真無邪，抬頭問程澤凱：「爸，什麼巧克力啊？」

程澤凱和季恆秋對視一眼，迅速往旁邊退了一步，指著季恆秋甩鍋：「他！他吃的。」

季恆秋張了張嘴卻無言以對，確實是他吃的，他無法否認。

小孩的世界很簡單，他們喜歡的東西視為珍寶。不管前因後果，「巧克力沒了」這件事足夠讓程夏傷心，一癟嘴眼淚就盈滿眼眶。

江蓁趕緊摸摸他的腦袋輕聲安慰：「不哭不哭，姐姐再給你。叔叔是小朋友，我們是大人，我們不跟他一般見識。」

為了自己的完美父親形象不受損害，程澤凱果斷背叛兄弟，在一旁幫腔道：「就是啊，季恆秋你多大啊，小孩的零食你也搶。」

季恆秋百口莫辯，舉手投降放棄抵抗：「行，都是我的錯。」

程夏平時不愛哭，一哭就不會停，程澤凱抱著他出去哄了。

江蓁結完帳，卻沒立即走，進了後廚找季恆秋。

另一個廚師正在灶臺上忙碌，神情專注，像開啟了一道屏障，隔絕外界一切干擾。

江蓁從包裡拿出一塊黑巧克力，遞給季恆秋。

季恆秋接過，看了看包裝，問：「這什麼？」

江蓁笑著，用對待小孩的輕柔語氣回答：「季恆秋小朋友也有份的，以後別再搶別人的吃了喲。」

季恆秋輕笑一聲，刮了刮下巴，向她解釋道：「我真沒搶，程澤凱不允許小孩吃糖才便宜我的。」

江蓁其實也猜到了，她指指那塊巧克力，說：「這個是黑巧克力，海鹽榛子口味的，不膩，比那個好吃。」

言下之意，給你的是最好的。

江蓁到家之後才想起來，後來一直忘了回覆陸忱的訊息。

她打了個電話過去，對方沒接，要麼在忙，要麼已經睡了。

她洗漱完躺進被窩裡，翻來覆去卻睡不著，這一晚發生太多了，她一件一件回想，意識越來越清醒，情緒也越來越興奮。

凌晨兩三點，江蓁還是無法睡著。

窗外月色輕盈灑滿人間，深夜萬籟俱寂。

她翻了個身，拎起被子蓋過頭，在黑暗中捧著手機打字給陸忱。

被窩形成一個狹窄的空間，在這裡她可以找到安全感，放心地吐露心跡，說些曖昧的祕密。

江蓁：『確認完畢了。』

江蓁：『我就是喜歡他。』

江蓁：『喜歡的不得了。』

第十杯調酒

雙十一結束，市場企劃部終於可以鬆一口氣。

新品銷售額突破新高，整個部門都得到表揚，年終獎金肯定豐厚，大家喜氣洋洋，更有幹勁。

代言人樂翡接了一部都市題材的新劇，茜雀也跟著投資了，大約會在明年中旬播出。

今天下班前，江蓁敲敲宋青青的桌子，問她：「今晚有約嗎？」

宋青青搖搖頭：「沒。」

江蓁打了個響指，邀約道：「陪我逛街唄，請妳喝酒。」

宋青青比了個OK。

夜晚的南京路總是熱鬧非凡，各式各樣的店鋪招牌閃爍，吃喝玩樂應有盡有。

江蓁和宋青青一人手裡一杯豆漿紅茶，先去吃了蟹粉小籠包。

步行街走到半程，她們手裡收穫的戰利品已經不少。

看到一家居家用品店，江蓁轉了進去，走到擺放花瓶的架子前駐足停下。

宋青青看她挑得認真，問：「買花瓶啊？」

「嗯。」江蓁比對了一番，選定其中一個，「這個怎麼樣？」

她挑中的是一個歐式復古的玻璃花瓶，粉紫色水波紋，造型有點像酒瓶。

宋青青點點頭，評價：「不錯。」

江蓁把它從架子上拿下，決定道：「就它了。」

她們一逛就逛了近兩個小時，都穿著高跟鞋，走得累了，手上的東西也買夠了。

江蓁本想帶宋青青去At Will，上車之前她接了個電話，說有事要回家一趟。

看她接完電話臉色不太好，江蓁沒多問，兩人在街口道別。

江蓁捧著包裝好的花瓶，搭車回了老弄堂。

酒館依舊生意興隆，食客們三三兩兩落座在大堂裡。

她挑了座位坐下，今天卻是季恆秋拿著菜單來幫她點菜。

「喝什麼？」季恆秋問她。

江蓁沒翻開菜單，直接說：「『美女酒鬼』吧。」

季恆秋挑了下眉，點頭說：「行。」

江蓁把手裡的紙盒遞過去，季恆秋接過，問：「這什麼？」

她沒回答，只說：「上次我來店裡，有人要我讓個座，說那是你們相遇的地方。」

江蓁看向那張雙人座：「那張桌子是她的專屬位子，是這樣嗎？」

「沒有的事。」季恆秋否認道，他打開盒子，拿出裡面的物品。原來是花瓶，她還惦記著上次的事呢。

江蓁把花瓶放到桌子上，抬頭看著季恆秋說：「這個花瓶，一來是賠禮道歉，上次我摔碎了一個，現在賠一個。二來，我也算熟客了，花瓶擺在這，就當畫個圈標個記，以後這個位子留給我，可以嗎？」

也許是屋裡的燈光溫暖，他的眼神變得格外溫柔，季恆秋頷首，笑著應好：「行，以後就是妳的專屬座位。」

江蓁是故意這麼說的，帶著還沒完全消解的醋意。

這做法挺幼稚，但有人默許，還順了她的意。

秋風吹啊吹，吹起了漣漪，吹化了心上的小疙瘩。

清晨八點半，江蓁出門上班，下樓時剛好碰到季恆秋。

天氣降了溫，江蓁今天穿著針織短上衣配高腰牛仔褲，外套搭在手臂上，腳上是一雙平底的短靴，和季恆秋差了兩級臺階，勉強能平視。

他拎著一個保麗龍箱子，正要上樓。

「這什麼呀？」江蓁指指箱子。

季恆秋顛了顛，回答：「螃蟹，朋友送來的。」

江蓁一聽眼睛都亮了，季恆秋看到她的表情，問：「喜歡吃啊？」

江蓁點點頭。

季恆秋往旁邊挪了一步，讓她先下樓，走之前說：「晚上早點回來。」

今天一整天江蓁都魂不守舍，上班時摸魚，吃飯時走神，一下子惦記大閘蟹，一下子惦記季恆秋。

六點下班時間到，她遛得比誰都快。

劉軒睿看她提包就走，「喲」了一聲：「蓁姐，趕著約會呢？」

江蓁腳上沒停，輕飄飄丟下一句：「下班不積極，腦子有問題。」

她一路風風火火趕到酒館，卻被告知今天季恆秋不在店裡。

這下江蓁傻了，難道是她早上會錯了意？

沒了喝酒吃飯的心思，江蓁回了家，她躺在沙發上，猶豫要不要找季恆秋問問。

在她還磨磨蹭蹭咬手指時，手機收到了新訊息。

季恆秋：『到家了麼？』

江蓁立刻從沙發上彈起，捧著手機回覆：『到了。』

季恆秋：『上來。』

江蓁眼珠子轉了半圈，上來，上哪？是上樓嗎？

她一咕嚕從沙發上起身，出門蹬蹬蹬爬樓梯。

「叮咚」一聲，三樓的大門很快打開。

季恆秋站在門口，手裡拎著鍋鏟，穿著圍裙，不是酒館裡那種棕色半截式的，是很普通的居家款，還印著淡藍色的小花朵，他穿著有些違和，又讓江蓁覺得怪可愛的。

「妳先坐，馬上好。」季恆秋把她迎進屋，自己回了廚房。

江蓁掃視整間屋子一圈，格局和她那間一樣，但季恆秋的家裝潢得更簡單，家具和壁紙都是灰藍色調，沒有太多裝飾物，客廳裡四處散落的都是寵物用品。

土豆看到有客人，搖著尾巴吠了一聲，江蓁蹲下摸摸牠毛茸茸的腦袋，黃金獵犬也乖巧地蹭蹭她。

餐桌上已經擺了兩三道菜，糖醋排骨、香菇青菜，還有一道酸辣馬鈴薯絲。

江蓁拉開椅子坐下，側過身子，手肘擱在椅背上，撐著下巴看季恆秋在廚房忙碌。

啊，她偷偷在心裡感嘆，她看上的男人是多麼的賢慧。

沒幾分鐘，季恆秋端著一盤蒸好的大閘蟹出來，每一隻個頭都很大，外殼橙黃發亮，香味四溢。

他把螃蟹擺到餐桌中間，和江蓁說：「去洗個手，開飯了。」

頭頂是明亮溫暖的燈光，眼前是滿桌子的豐盛飯菜，江蓁現在幸福得要冒泡，腳下像踩著雲朵，步伐輕盈，心情愉悅。

她從洗手間出來，季恆秋正在架子上挑酒，他轉頭問江蓁：「白酒還是黃酒？」

螃蟹性寒，吃的時候要配點酒才好，江蓁想了想：「白的吧。」

季恆秋便幫她倒了小半杯白酒，自己也倒了半杯。

桌上一共六隻螃蟹，他先挑出來的，剩餘的再送到店裡。

很久沒和人像這樣坐在家裡吃過飯，季恆秋搓搓大腿，說：「吃吧。」
江蓁舉起酒杯，季恆秋和她碰了碰。
燈光下她的笑變得溫情，明豔的五官少了點平日的攻擊性。
她說：「謝謝你啊，季恆秋。」
季恆秋的嘴角也現出笑意，點點頭，喝了一口酒。
辛辣的液體滑過喉嚨，暖了肺腑。
有一瞬間江蓁真的很想問他，為什麼那個人會和你分手。
這麼好的男人，她錯過了後悔了，倒是白白便宜自己。
江蓁想著想著就樂出聲，一邊剝著螃蟹，一邊美滋滋地笑。
季恆秋發現她很喜歡吃蟹黃，把自己手裡的剔了拿小碗裝給她。
他們吃飯時，土豆就在桌子底下晃，時不時蹭蹭江蓁的腿。
江蓁揚揚眉毛，得意地和季恆秋說：「牠好像特別喜歡我。」
季恆秋「嗯」了一聲，在心裡補完下半句——像牠主人。
吃飯的時候他們很安靜，季恆秋的廚藝不用多說，江蓁嘴上顧著吃，就忘了要聊。
季恆秋本就不多話，沉默著進食。
江蓁喝完杯子裡的白酒，臉上浮出紅暈，腦袋還是清醒的，就是不知道為什麼，總是想笑。

季恆秋倒了杯水給她，用手指貼了貼她的臉頰，觸到的皮膚溫軟而滾燙，「醉了？」

江蓁搖搖頭，還在傻呵呵地笑。

季恆秋不太信，心裡重新估算了一下她的酒量。

江蓁打了個哈欠，屋子裡暖洋洋的，她有點想睡，起身想回家睡覺了。

季恆秋看她腳步虛浮走到門口，心裡不放心，跟上她說：「我送妳下樓。」

江蓁擺擺手：「不用，才幾步路，我能摔嗎——媽呀！」

才剛走出去一步就踩空了臺階，還好季恆秋反應快，伸手抓住她的手臂往回帶了一把。

江蓁撞上他的胸膛，季恆秋扶住她的腰，兩人踉蹌著後退了一小步。

這個姿勢像是相擁在一起，狼狽又親密。

江蓁額頭抵著他的前胸，這一下讓意識清醒了些，她張大眼睛，呼吸急促，心怦怦直跳。

季恆秋問她：「有扭到嗎？」

因為距離太近，他的聲音更低沉，帶著不平穩的喘息。

江蓁被燙紅了耳朵尖，她搖搖頭，小聲回答：「沒。」

樓梯間裡陰冷昏暗，季恆秋鼻間都是她身上的香味。

氣味勾人上癮，淡香若有似無，他翕動著鼻子，微微低下頭，情不自禁去追尋更深的來源。

柔軟的頭髮蹭到他的下巴，季恆秋喉結滾了滾，不自覺收緊了手臂。

如果不是狗突然吠了一聲將他從雲端拽回人間，江蓁嚇了一跳在他懷中哆嗦一下。
季恆秋真的不知道，他下一步會幹什麼。
季恆秋鬆了手，江蓁也往後退了一步，拉開兩人的距離。
剛剛某一瞬間她在期待什麼來臨，現在回過神，又說不清楚了。
她呼出口氣，酒意散了大半。
兩人各懷心思，道別得有些倉促。
江蓁說：「我走了，拜拜。」
季恆秋回：「晚安。」
回到家中，客廳冷清，室內溫度低，全然不似剛剛那樣溫馨。
江蓁從醫藥箱裡翻出一瓶鈣片，倒了兩粒放入嘴中咀嚼。
最近動不動就摔倒，要多補補，省的人家以為她小腦發育不健全。
洗漱完，江蓁一邊吹著頭髮，一邊走神想季恆秋。
想更瞭解他一點，又突然有些望而卻步。
曖昧湧動中的人總是這樣，膽大又小心，瘋狂又克制。
等頭髮吹得半乾，江蓁踢掉拖鞋，拿了手機趴在床上。
她從相簿裡挑選了幾張照片，是剛剛吃飯時拍的，明亮燈光下菜肴看起來可口誘人，無需多加濾鏡。

一張大閘蟹的特寫，一張全桌的俯拍，還有一張是桌上兩杯白酒。

江蓁把這三張照片上傳動態，配字是「秋天真好」，還加了一個驚嘆號。

很快有人在底下留言：『早入冬了！這天氣哪裡還是秋天！』

江蓁哼了一聲，回覆：『就是秋天，秋天永恆！』

今天天氣好，午後陽光燦爛，照得世界一片晴明。

花店門口繁花簇擁，色彩斑斕，季恆秋推開玻璃門，邁步進屋。

「您好。」老闆娘抬頭向他打招呼，「先生要買花？」

季恆秋點了下頭，從大衣口袋裡摸出手機，解鎖螢幕後打開相簿，往上滑動翻了翻，點擊一張照片遞給老闆娘，他問：「這是什麼花？」

老闆娘放大仔細看了看，了然道：「這啊，這是洛神玫瑰。」

已經跑了兩三家店，都說沒有。一看對方認識，季恆秋趕緊接著問：「您這有嗎？」

「有有有，早上剛到的呢。」老闆娘帶著他往裡走，從花瓶裡取出一枝給他看，「就是這個，是新品種，市面上有的不多。」

深色瞳孔中倒映著粉白花瓣，男人的嘴角有了弧度：「行，我拿一束。」

老闆娘一邊修剪枝幹，一邊問他：「送女朋友的？」

季恆秋說：「還不是。」

老闆娘心領神會，她將包裝好的玫瑰花束遞給男人，笑著祝福：「希望你早日抱得美人歸。」

季恆秋頷首，道了聲：「謝謝。」

他走出花店來到車邊，先把玫瑰小心地放在副駕駛座上，而後驅車前往下一站。

一縷陽光斜照，映得花瓣透亮，季恆秋時不時偏頭瞟一眼。

他從來都是個克制又擅長忍耐的人，情緒沒有太大起伏，臉上也沒什麼表情，心裡的欲望被遮得嚴嚴實實。

別人猜不透他，季恆秋也同樣看不清自己。

這是他第一次這麼強烈又清晰地想要一件東西，真摯到他沒有辦法欺騙自己的內心。

與其說喜歡，不如說渴望。他渴望江蓁，渴望被一個人愛，渴望愛一個人。

所以無論結果好壞，就再試最後一次吧。

是的話，皆大歡喜。

不是的話……大不了他再爭取爭取。

江蓁收到樊逸訊息時，正坐在樓下咖啡廳享受短暫的午休時光。

看到頁面上是一篇文章網址，她點進去，快速瀏覽了一遍，是關於流浪貓流浪狗的線下公益援助計畫，號召愛動物人士一起加入。

樊逸說：『看看這個活動，時間在本週六。』

大學時為了拿時數賺學分，江蓁參加了很多志工活動。工作之後每天忙於生計自顧不暇，愛心有，但也沒時間獻。偶爾看到這樣的事，她會選擇直接捐款聊表心意。

婉言拒絕的話打了一半，樊逸又傳來訊息。

樊逸：『溪塵也參加，作為隨隊攝影師。』

樊逸：『妳上次不說想認識他嗎？』

江蓁提起一口氣，指腹瘋狂按壓螢幕，迅速刪掉已經打下的『不好意思啊學長，我週六有事』。

改而回覆：『好的，幫我留個位子，我參加。』

上次在藝術展看到溪塵的攝影作品，江蓁在受到觸動的同時也想起了茜雀一套還在研發階段的眼影。

這套眼影共三盤，初定名為「山川」，綠色系對應森林，藍色系對應大海，黃色系對應沙漠。這個系列的色彩飽和度高，相對而言沒那麼日常，更傾向用於各種創意妝容。

溪塵會拍景，如果他能和茜雀合作，將他鏡頭下拍攝的山川作為建構立意，用於封面包裝，那麼產品的畫面感和氣氛立刻就形象起來了。

之前聯絡他受阻，江蓁原本想著反正新品上市還早，也許中間又會發現其他更優秀的攝影師，便沒再把這件事放心上。

現在有了條認識溪塵的捷徑，她傻了才不走上去。

根據樊逸的提示，江蓁幫自己報好名，成功成為「ＨＴＧ」流浪動物援助計畫的一名志工。

就算沒能說動溪塵和茜雀合作，能幫幫流浪小動物也挺好。

下班後，江蓁到了酒館，進門先掃視了一圈，沒看見季恆秋，她眼裡閃過一絲失落。

楊帆拿著菜單來幫她點單，江蓁問他：「你們老闆呢？不在店裡啊？」

「在的。」楊帆往後指了指，「在後面忙呢。秋哥打算把後院修葺一下，這兩天都在裡頭忙，還不讓人進去。」

江蓁點了點頭：「這樣啊。」

她聳聳肩，沒多問什麼，點好酒水和菜。

等菜上桌的期間，江蓁隨意一瞥，這才注意到桌上花瓶裡的花不一樣了。

以前一直都是風蠟花，今天卻是兩枝洛神玫瑰，正在盛開狀態，嬌豔動人。

她左右張望了下，其他桌上的花瓶盛著的還是風蠟花，只有這一桌不同。

也是，瓶子特別了，花也應該特別。

江蓁抬手，指腹輕輕撫過粉白漸變的花瓣。她斂目清清嗓子咬住下唇，嘴角的笑意掩住了，卻停不下心中的雀躍。

一碗麵吃完要結帳，江蓁才看見季恆秋出來。

天氣已經很涼了，室內暖和也穿著長袖，季恆秋卻單單套了一件無袖T恤，似乎是剛洗過臉，下巴上還掛著水珠，頭髮也是濕的。

他像小狗一樣甩了甩腦袋，江蓁走過去，從包裡拿了衛生紙遞給他。

季恆秋接過，道了句謝謝，隨手胡亂擦了一把。

這一下能擦到什麼，江蓁又抽出一張，抬手把他臉頰邊和鼻尖滑落的水珠擦乾。

她做得很自然，眼神裡沒有多餘的曖昧，純粹出於關心。

季恆秋把濡濕的衛生紙攥在手心，問她：「吃好了？」

江蓁點點頭：「今天的油潑麵很好吃。」

季恆秋說：「是新主廚做的，他就是西安人，做的很正宗。」

江蓁輕聲笑，揶揄他：「那麼季主廚，你真退休啦？」

季恆秋的目光始終落在她身上，不曾偏移過：「啊，有別的事要忙。」

裴瀟瀟被喊去後廚洗碗了，帳是季恆秋幫江蓁結的。

付完款，江蓁和他告別，正要轉身時又被他叫住。

季恆秋不知從哪拿出一束粉白玫瑰，用牛皮紙包裹著，繫了一根白色的蝴蝶結。

「不小心買多了，妳拿去吧。」

他送得很自然，目光坦蕩，彷彿只是順手給出一個人情。

江蓁接過那束花抱在懷中，抬頭對上他的眼睛，問：「不小心買多了？」

季恆秋「嗯」了聲。

不小心買多了。

不小心正好是她最喜歡的洛神玫瑰。

那麼季恆秋，你有沒有不小心喜歡上我啊？

第十一杯調酒

週六清晨，江蓁起了個大早。

洗漱完，她換上T恤和運動褲，把長髮挽成馬尾。

洛神玫瑰快要謝了，垂著腦袋，江蓁捨不得扔，就這麼放著，多留一天是一天。

到達活動地點時不到九點，秋風瑟瑟，但好在今天天晴，太陽照在人身上暖和和的。

樊逸幫江蓁拿了志工的工作服，介紹幾個成員給她認識。

HTG流浪動物保護平臺每天都會收到很多封來信，今天的工作任務是找尋附近的小貓小狗，把牠們帶回收容所，之後再由工作人員進行體檢、結紮、領養等公益服務。

來做志工的大多都是年輕人，領隊叫張卉，齊瀏海娃娃臉，看起來不過二十出頭，實際上孩子都上小學了。

張卉遞了一瓶礦泉水給江蓁，甜甜地笑著說：「妳先休息一下，等等我們會分組活動。」

江蓁應了聲「好的」，她四處張望了一下，小聲問樊逸：「攝影師呢？」

樊逸使了個眼色示意她往左邊看：「戴著棒球帽，在吃早飯那個，就是溪塵。」

江蓁循著他的視線望去，不遠處的桌子前，一個男人正低頭吃著小籠包，棒球帽擋住了臉，依稀能看見他的皮膚黝黑，身材清瘦。

也許是嫌帽子礙事，男人抬起左手摘了帽子，頭髮很短，近乎沒有，冒著一層貼頭皮的青茬。

江蓁聳了聳眉，這個溪塵和她想像的倒是有些出入。

原以為是個新人攝影師，看來並不是，年齡應該有三四十了。

她邁步走過去，站到他身邊，輕聲開口道：「你好，請問是溪塵攝影師嗎？」

男人正吃著一口小籠包，湯汁燙嘴，他噘著嘴拚命呼氣，抬頭看到江蓁，點點頭，含糊地答：「我是，怎麼了？」

溪塵的五官和粗獷的外表不太搭，眼睛狹長眼尾上翹，鼻梁高，嘴唇薄，是有些陰柔的長相。

看清他的正臉，江蓁提起一口氣，瞇起眼睛細細打量，總覺得這副面孔似曾相識，某個名字在嘴邊呼之欲出。

沒能立即想起來，江蓁問他：「我是不是在哪見過你啊？」

溪塵嚼完嘴裡的小籠包，用吸管嘟了一口豆漿，語氣漫不經心道：「小美女，這搭訕方式太老套了。」

這簡單一句話卻如提示謎底的關鍵線索，電光火石之間江蓁在腦內對應上某號人物。

她瞪大雙眼，滿是驚訝道：「李潛？」

這一聲讓溪塵也愣住了，沒想到自己現在這副樣子也能被人認出來，他抽了張紙巾擦擦嘴，一瞬的失神後很快調整好表情：「這妳都能認出來？」

如果不是那句小美女，江蓁肯定認不出這是李潛。

李潛是國內一流的時尚攝影師，專為明星藝人拍攝照片，在國際上多次獲獎，時尚圈裡無人不曉的視覺藝術家。年少成名後李潛受雜誌《JULY 風尚》的邀約成為旗下的首席攝影師，掌鏡封面拍攝，能出現在他鏡頭下的都是一線或超一線明星。

曾經有不少時尚雜誌向他拋了橄欖枝，但從業十多年他從沒拋棄過老東家。他的審美影響了後來一批的攝影師，也開闢了獨樹一幟的視覺風格。

印象中的李潛，留著中長髮，優雅衿貴，總是穿著絲綢襯衫和西裝褲，高而清瘦，渾身上下都是藝術家的慵懶氣質。

一個男人這樣漂亮，只會讓人驚嘆他超越性別的美。李潛的才華和樣貌成了他封神的兩件法寶，無人能敵，望塵莫及。

江蓁張著嘴，還是覺得震驚，這真是李潛？這怎麼可能是李潛？

溪塵，或者說李潛，倒是毫不在意，把塑膠杯裡剩餘的豆漿喝光，打了個飽嗝，站起身問江蓁：「妳怎麼認出我的？我媽看到我現在這副鬼樣子都不一定認得出來。」

江蓁仰著頭視線向上，稍微回過神，她吞咽了一下，回答道：「我是茜雀市場部的，去年公司想要邀請你為鄒躍的服裝展拍攝，我們見過一次。」

李潛啊了一聲，摸著腦袋點點頭：「好像是有這回事。」

江蓁垂眸嘆了聲氣，不太願意回憶起那天的場景。

那時她剛到茜雀，做事不夠成熟，帶著點傻氣的莽撞。見李潛再三拒絕，江蓁不願意放棄，纏著人繼續爭取機會。

最後她情緒一激動，抬手抓住李潛的手臂，被他涼涼淡淡掃一眼，吊兒郎當地笑著說：「小美女，出賣美色就算了，圈內還有人不知道我是Gay嗎？」

工作室裡的其他員工哄笑起來，江蓁臉漲得通紅，鬆了手拔腿就跑。

能一眼認出來，要麼是真愛，要麼是真恨。

江蓁記恨倒算不上，就是李潛留給她的印象實在太深。

江蓁指指他光禿禿的腦袋，問：「你的頭髮呢？」

李潛這時倒是不吝於和她分享：「年初去了躺川藏，剪了，洗起來費水。」

江蓁抿了抿唇：「皮膚也曬黑了。」

李潛搓搓臉頰，以前多精緻的人，什麼昂貴的護膚品都往臉上招呼，現在全毀了，又粗糙又黑。

他不介意，相反還有些滿意現在的狀態：「還行吧，也不醜吧，多硬漢啊。」

江蓁有一堆問題想問，來沒來得及張口就聽到有人叫他們過去。

李潛應了一聲，拿起桌上的攝影包，走出去兩步他又回頭，對著江蓁說：「這群人裡沒幾個認識李潛，妳別往外頭說，在這裡我就是個名不經傳的小攝影師。」

江蓁十分認真地點點頭，他有難言之隱，她自然不會落井下石。

江蓁和樊逸分到同組，他們的任務是去公園找幾隻花貓。

樊逸問江蓁：「剛剛和溪塵聊得怎麼樣？」

江蓁怔了一下，回答：「挺好的，隨便聊了聊。」

車上，江蓁拿出手機，在社群上搜尋李潛的名字。

他的社群帳號已經一年沒有更新過了，最後一則也是唯一一則。

@李潛 Drown：『六便士我賺夠了，追月亮去了。』

這一則發文留言近十萬，江蓁隨手翻了翻，都是粉絲的挽留和不捨。

她收了手機，轉頭問樊逸：「你認識李潛嗎？一個挺有名的攝影師。」

樊逸偏頭看她一眼：「《JULY 風尚》那個？聽說過，他的花邊新聞挺多的。」

江蓁咬了咬唇角，問：「你還記得他當時為什麼退圈嗎？」

樊逸思索了一下，回憶起大概：「好像是和金主分手吧，不是一直說他是 JULY 總裁的情人嗎？」

江蓁用指腹摩挲手機螢幕，上次不小心摔在地上，鋼化膜有了道裂縫，該換了。

「我看他社群上說，是錢賺夠了，追夢想去了。」

樊逸溫和地笑笑：「找個體面的說辭吧，怎麼突然想起他了？」

江蓁呼出一口氣，回：「沒，和溪塵聊的時候提了一下，沒什麼。」

到了地點他們下車，小公園裡人很多，今天是週末，有幾個小孩在玩遊戲，也有一群大爺、大媽圍在石桌子旁打牌。

三四隻花貓一直在附近流浪，有一隻似乎還懷著孕。幸好今天天氣好，牠們都出來在草地上曬太陽了。樊逸用一點貓糧飼料誘著牠們放鬆警惕，逮住機會把牠們小心裝進貓包。

花貓個頭都很小，營養不良，身上髒兮兮的，跑也跑不快，只有一雙眼瞳明亮晶瑩，在陽光下呈現琥珀色。

江蓁拿著照片對比了下，附近居民拍到的差不多都在了，除了一隻黃白相間的，就是懷了孕的那隻，大概是因為身體笨重，不方便走動，在哪裡待著呢。

那群在玩耍的小朋友看到他們是來找流浪貓的，熱情地提供了幫助。

一個戴眼鏡的女孩說貓媽媽應該在旁邊的早餐店門口，老闆娘經常在門口擺些吃的，野貓都會去那邊。

他們剛要動身去，就見溪塵拿著相機過來了，說要拍點照片。

三人一同前往早餐店，沒在門口看見貓媽媽，問老闆娘，老闆娘也說今天沒看見。

江蓁問：「這麼大點地方，能在哪呢？」

樊逸：「找找吧，應該就在附近。」

他們四處搜尋時，溪塵拿著相機東拍拍西拍拍。

公園鄰近一所學校，住宅區旁邊就是一條美食街，各家店鋪霧氣騰騰的，滿是人間煙火味。

鏡頭對準街口石墩子，溪塵放大螢幕，無意中在右下角看見一隻縮成一團的貓。

他剛想回頭喊江蓁和樊逸，就見那兩個人已經發現了目標，一路小跑過去。

母貓正蜷縮在石墩子旁，曬著太陽愜意地眯著眼。

江蓁和樊逸悄悄蹲下身子，不想驚擾到牠。

在他們抬頭相視一笑的瞬間，溪塵按下快門，抓拍到這一幕。

他們都穿著藍色的背心，上面印著「HTG」的Logo，口罩遮住半張臉，眼裡有柔和的笑意。

石板路上，陽光明媚，花貓在打盹，一男一女靜候左右，這一幅畫面溫暖而美好。

溪塵還在細細欣賞剛剛拍的照片，江蓁和樊逸已經帶著貓媽媽上了車。

樊逸摘下口罩和手套，也把外面的背心脫了，怕沾上細菌。

江蓁從包裡拿出一瓶消毒酒精遞給他，樊逸接過，輕聲向她道謝。

「咔嚓」幾聲，溪塵又拍了好多張，全記錄在相機裡。

今天一整天，他基本上都跟著樊逸和江蓁了，好幾組沒拍到。

張卉討問他，溪塵卻理直氣壯：「他們顏值高，我喜歡拍長得好看的。」

這話讓江蓁彎了嘴角，李潛替多少明星藝人拍過，什麼樣的美貌沒見過，她和樊逸大概是唯二兩個素人，哪裡擔得起顏值高。

張卉聽了生氣，她長得可愛，脾氣卻挺火爆，擼了擼袖子佯裝要揍人，李潛笑著躲開。

樊逸在一片混亂中求饒地說：「哥，別替我們拉仇恨了。」

溪塵也不說什麼，過一下又繼續追著他們拍。

江蓁看著眼前熱鬧的景象，心裡卻是五味雜陳。

平凡鮮活的溪塵，高傲矜貴的李潛，他像是變了一個人，又好像沒變。

從前拍人，如今拍景；從前一單合作定價七位數，業內有人吐嘈他拔高市價，一身銅臭，如今卻潛藏於世，將作品用於公益，不為分毫，灑脫自由。

拿起相機時，李潛的神情又始終如一，目光堅定，燃燒著信念，他依舊喜歡攝影，喜歡用手中的鏡頭記錄人間百態。

那他的故事究竟是如何？負氣還是厭倦，躲避還是追夢，迫不得已還是心之所向？

江蓁晃晃腦袋，收起不知發散到何處的思緒，不往下繼續想了。

吃飯時間一到，酒館熱鬧起來。

今天客人多，秦柏一個人忙不過來，季恆秋也穿上圍裙在後廚幫忙。

他正處理蝦線，裴瀟瀟進了後廚，大驚小怪地喊：「秋哥秋哥！」

季恆秋抬起頭，問她：「怎麼了？」

裴瀟瀟把手機遞給去：「你看這個！你快看！」

季恆秋掃了一眼，不感興趣也沒耐煩：「有話就說，沒話出去。」

裴瀟瀟深呼吸一口氣，語速飛快地解釋：「我之前，關注了一個本地的流浪動物領養平臺，他們今天有個志工服務活動，發了現場照片，你看這個這個，美女酒鬼！她去當志工了！」

季恆秋咳嗽了聲，放下手裡的剪刀和蝦頭，在圍裙上抹了一把，接過裴瀟瀟的手機。

裴瀟瀟說：「沒想到美女酒鬼還挺有愛心的，你看你看，好幾張照片都有她，就是都是和一個男的，我看留言還有人說他們般配。」

十八張照片，有江蓁的占了快一半，看著看著，季恆秋的眉心漸漸擰出一個川字，滑到某一張時他停下，雙指放大螢幕。

如果相視一笑的殺傷力是一百的話，那麼螢幕上這瓶乾洗手就是致命一擊。

啊，原來也會對別人笑，原來也會給別人洗手。

裴瀟瀟看著季恆秋手背冒起青筋，擔心自己的手機下一秒就會骨折變形。

她咽了口口水，小心翼翼地問：「秋哥，沒事吧？」

季恆秋冷冷掀眼，裴瀟瀟忍不住打了個哆嗦。

「沒事。」他轉過身去，把手機扔還給裴瀟瀟。

就是妒火中燒，醋漫金山。

下午四點多時張卉做了總結，今天的志工活動到這就結束了。

和大家說完再見，江蓁退出人群，往外頭掃視了一圈，在一輛吉普車旁看見了李潛，他背靠在車門上，正在看相機。

江蓁走過去，拍拍他的肩，說：「請你喝酒。」

沒給對方拒絕的機會，她繞過車頭直接坐進副駕駛座。

李潛拿她沒辦法，收起相機開門上車。

退圈之後他和之前的生活完全割裂了，沒朋友、沒同事、沒愛人，家裡也很少聯絡。

突然冒出一個江蓁，他還覺得挺有意思的，也有點說不出的珍惜，至少在這個人面前他可以放下某部分東西，不用做李潛也不用做溪塵，就單單是他自己。

李潛問她：「小美女，去哪喝酒啊？」

江蓁在手機上導好航，遞給他：「這裡。」

「行。」李潛繫好安全帶發動車子，「就當我們是老朋友敘敘舊。」

江蓁笑笑，輕聲重複：「老朋友。」

原本江蓁想避開娛樂圈時尚圈那些事，但李潛毫不介意，甚至主動和她聊了起來。

誰誰誰耍大牌，哪對螢幕恩愛情侶其實貌合神離，一路上李潛抖了好多八卦。

江蓁聽得興致勃勃，讓他留著點，等等下酒再說。

最後聊到茜雀的代言人樂翡，李潛點點頭，說他以前也幫她拍過一次，女孩子人不錯，以後能大紅。

說到這了，江蓁就不避諱了，坦白道：「其實，茜雀明年有一個新系列眼影，是以自然景色為靈感的，我想找你合作。」

李潛沉默了一下，說：「樊逸他應該告訴妳了，我不接商業合作，也不缺這個錢。我現在只拍我自己想拍的。」

江蓁垂眸點點頭：「我知道，所以已經打消這個念頭了，你放心，請你喝酒沒別的目的。」

李潛低聲笑了笑：「我拍景都是拍著玩玩，妳要是想找，我回頭幫妳介紹兩個專業的。」

江蓁撇嘴，揶揄他：「哥，太夢幻了啊。」

車廂內的氣氛又輕鬆起來，一路開到酒館，天已經擦黑，華燈初上，白天的哄雜被夜空吞沒，小巷安靜，路燈昏昏。

江蓁領著李潛進門，楊帆看見她還帶了人，表情有些意外，年輕人做事不夠圓滑，臉上的尷尬沒藏好：「姐，這是……」

江蓁說：「我朋友。」

他們在靠窗的座位坐下，李潛翻著菜單，突然呵笑了一聲：「欸妳看，這杯叫美女酒鬼，什麼奇怪名字啊。」

江蓁笑得有些僵硬：「哈哈，就是啊。」

李潛點了杯威士忌，江蓁要了熱梅子酒。酒上桌，李潛拿了相機調試，想拍一張。

江蓁看著他搗鼓，由衷感嘆：「我以前覺得你這人刻薄又勢利，私生活還亂，但是你拿起相機的時候，是真迷人。」

李潛輕嗤道：「妳這是誇我還是貶我啊？」

「當然是誇了。」江蓁抬起杯子抿了一口，酒液溫熱，梅子清香酸甜，一口下去暖了胃。

李潛舉起相機，對著江蓁拍了一張。

江蓁玩笑道：「哥，你幫我拍要錢嗎？你的身價我可負擔不起。」

李潛笑笑，回：「不值錢，早就不值錢了。」

江蓁請李潛喝酒，不為打聽什麼，就覺得今天這一面很有緣，聊聊，當多認識一個朋友。

酒喝了半杯，她開口道：「我是真的喜歡你拍的東西，我沒什麼藝術細胞，覺得喜歡就是好，你之前在藝術展拍的照片，太好了，我不會形容，就是太好了。」

李潛笑著不說話，酒館裡的螢幕上播著一部綜藝，笑聲不斷，他偶爾抬眸看兩眼，認出其中一位女嘉賓曾經是自己鏡頭下的模特兒。

「溪塵對於我來說，是重生，重活了一次。」李潛舉著酒杯，舉手投足依稀能見從前那位傲慢的藝術家。

人封閉又渴望傾訴，所以喜歡一邊聊天一邊喝酒。酒精蒙蔽頭腦，才能讓自己大膽地推心置腹，說些想說平日裡又沒處說的話。

也許是因為酒館裡的氣氛溫暖讓人放鬆，面前這位聽眾看起來也可靠友善，所以有些話忍不住就說了出來。

原以為難以啟齒，其實也不是什麼大事。

李潛說：「我退圈的時候，眾說紛紜，什麼版本都有。」

江蓁點點頭：「嗯，略有耳聞。」

「其實最根本的原因，很簡單。我不會拍了，拍不好了。就像四十歲的演員，演技成熟了，掌握了技巧，但也沒有剛出道時的靈氣了。」李潛輕輕地，說出曾經讓他沒辦法接受、幾近崩潰的事實——「我沒靈氣了。」

「我討厭拍攝，我討厭工作，鏡頭對準畫面半天也按不下快門。」他仰起頭，嘆了一聲氣，自嘲道：「都知道作家會江郎才盡，怎麼攝影師也會呢。」

江蓁不太會安慰人，也知道自己現在只要做一個安靜的聽眾就行，李潛要的不是談心的朋友，只是一個可以傾吐心事的樹洞。

「他的婚紗照是我拍的，但後來沒用上，他說我沒認真拍，這話真冤枉我了。新郎、新娘笑得再幸福，攝影師是悲傷的，那拍出來的肯定也是悲傷的。」

說到這裡，李潛停住了，像是陷入回憶，良久沒再出聲。

剛見面的時候發現溪塵就是李潛，江蓁在震驚之餘更多的是惋惜。像是看著神明被拽入泥潭，價值連城的藝術品摔得粉碎，那個金光閃閃的大攝影師怎麼就泯然於眾了。

現在她隱隱約約明白了，那不是墮落，那是一個鮮活自由的靈魂掙脫枷鎖重回人間。

最後的最後，李潛說：「花了十多年，把自己搞得再漂亮再體面有什麼用呢？也沒法穿上婚紗和他結婚。」

他抱著相機，愛惜地摸了摸鏡頭：「還是你好，你永遠不會拋棄我，只有我拋棄你的份。」

說完就自己一個人傻笑起來，江蓁看他醉了，叫了車送他回家。

看著計程車揚長而去，江蓁攏緊外套跺了跺腳，夜風吹得人發抖，她轉身回到酒館，還是屋裡暖和。

李潛剛剛一直哼著首歌，這時她想起來了，他唱的是李宗盛和林憶蓮的〈當愛已成往事〉。

後院的門叩了兩聲，季恆秋正蹲在一堆木頭中間，夜晚只有幾度的天氣他卻冒了身汗，衣服上沾了灰塵，整個人灰頭土臉的。

「什麼事？」季恆秋揚聲喊。

是儲昊宇的聲音，說：「秋哥，美女酒鬼來了。」

季恆秋站起身，扔了手裡的榔頭、釘子，從木頭堆上跨了一步到門口。

看見他出來了，儲昊宇湊過去掩著嘴小聲說：「這次還帶了個男的，說是朋友。」

季恆秋的腳步頓了頓，到水槽前洗了把手和臉。

冰涼的水澆在皮膚上，卻澆不滅心裡頭的煩亂。

他剛掀開垂布走到大堂，就看到窗邊的座位上江蓁和對面的男人腦袋靠著腦袋，對著一臺相機不知道研究什麼。

季恆秋深吸一口氣，咬緊了後槽牙。

還和白天那個不一樣，行，海裡的魚真多。

儲昊宇見他走了幾步又回來了，眉頭皺著一臉凶神惡煞，後院的門摔得「嘭噹」一聲響，季恆秋凶狠地說：「沒事別來煩我！」

儲昊宇嚇得打了個嗝，秦柏也傻了，拎著鍋鏟不知所措，儲昊宇朝他笑笑：「他就這樣！沒事！」

江蓁進來找季恆秋時，儲昊宇、楊帆沒一個敢出聲。

當她抬手握上後院門把作勢要按下去，兩個小夥子瞪大眼睛呼吸都停止了。

門開了，江蓁還沒來得及往裡頭瞧就被擋住視線推著往後退了兩步。

「啪」一聲，木門又關得嚴嚴實實，季恆秋人高馬大擋在前面，背著光，看不清他臉上的表情。

「有事嗎？」季恆秋的語氣沾著屋外的寒意，凍得人打顫。

江蓁張著嘴，他突然冷漠的態度讓她有些無措。

原本要說的話又咽了回去，她猜他今天應該心情不好吧。

江蓁說：「家裡的水管好像壞了，我這兩天用不了洗衣機，能找人修一下嗎？」

季恆秋點點頭：「知道了。」

本身長得就不和善，這麼冷著臉還挺駭人的。

江蓁不欲多待，揮揮手道：「那我走了啊。」

「嗯。」季恆秋轉身回了後院，一秒時間都不多給。

江蓁看向儲昊宇，用口型問：「他怎麼了？」

儲昊宇搖搖頭，不敢多嘴，怕往槍口上撞。

江蓁又回頭看了緊閉的木門一眼，揉著肩膀小聲嘀咕：「什麼嘛，還不讓人看了，埋屍還是挖寶啊？」

第十二杯調酒

星期天下午，季恆秋聯絡了修水管的師傅。

接到電話時江蓁正和周以在理髮店，她預估短時間回不去，和季恆秋說：「要不然我把房門密碼傳給你，你先幫我看著。」

季恆秋回：『行。』

掛了電話，季恆秋啟動門鎖，輸入八七〇五二〇，按下確定後卻發出嘀嘀嘀的錯誤提示音。

他以為是自己按錯了，正要重輸，手上上收到了一則新訊息。

江蓁說：『密碼是九九三九七六，麻煩你了！』

「九九三九七六……」季恆秋默念了一遍，蹙起眉細細審視這串數字。

原來不是他的生日，和他沒有任何關係。

那為什麼那天她要問……

也是，江蓁的思考一向跳脫，突然想起來，隨口一問，是他會錯了意，自己傻當人家也傻。

現實像一束強光，照得季恆秋無地自容。

無數幀畫面在眼前飛快閃過，最後定格在昨晚，她笑著和別人喝酒聊天。

原來這段時間內所有的心動、猶豫、喜悅或壓抑，到頭來都是他一個人鬧的笑話。

他獨自想像了一齣戲，從頭到尾，像烈酒入喉醺暈頭腦，錯了，亂了，假的。

還不夠明白嗎？江蓁身邊不缺男人，而無論和誰比，他都沒有優勢，這季恆秋自己最清楚。

是最近過得太安穩了，陸夢的出現也許就是來提醒他的，好了傷疤別忘了疼，以前沒有的東西，以後也不會有。

季恆秋輕輕笑了聲，帶著譏諷和嘲弄。

多大的人了，犯這樣的傻，蠢不蠢啊。

他捂著臉搓了一把，呼出一口氣，在鎖上輸入密碼，帶著修理師傅進了屋。

這間屋子他很熟悉，從小住到大的，五六年前重新裝潢翻了新，當成民宿租出去。

來這住過的人很多，江蓁是第一個長租客。

原本的家具和擺設都沒怎麼動，還是和原來一樣，她把家裡收拾得很好，乾淨而溫馨，茶几上擺滿了零食，還有幾罐空了的啤酒瓶。

視線掠過窗臺上的花瓶時，季恆秋停下了腳步。

玫瑰已經蔫了，花瓣乾枯。

他走過去，抬手摸了摸。

玫瑰從盛開到枯萎，像是預示著這場荒唐的心動也該落下帷幕。

季恆秋收回視線，不再多瞧一眼。

心上豁了道口子，冷風灌進來，空缺的地方發出鈍痛。

難得喜歡一個人，想要回應又害怕回應。

花謝了，明天換一束新的就行。

那付出去的真心呢，能收回來嗎？

還會遇到下一個嗎？

又捨得結束嗎？

江蓁回到家已經是晚上七點多，她先卸妝洗了澡，換上睡衣找了個舒服的姿勢坐在沙發上。

拿起手機想看一下社群才注意到螢幕上的裂縫，江蓁在茶几抽屜裡翻了翻，找到一片新的鋼化膜。

她拿了個靠枕放在瓷磚上，一屁股坐上去，擼起袖子，從手機邊小心揭開舊膜。

這一掀讓鋼化膜澈底四分五裂，江蓁想拿幾張餐巾紙包起來再扔，一不當心虎口處被割了一道傷口。

刺痛讓她縮了下手，沒多久傷口開始冒血珠。

其實傷口不長也不深，她起身走到洗手間，用水沖洗血跡。

望著嘩嘩的水流，江蓁突然起了個念頭。

作為行動派，她立刻開門上樓，走到三樓按響門鈴。

很快大門打開，季恆秋看見是她，怔了怔，問：「怎麼了？」

江蓁把手舉到他面前：「不小心割了下，想問你有沒有ＯＫ繃。」

血都快止住了，她故意嬌氣。

季恆秋根本沒細看傷口，一聽她受傷了趕緊回屋拿醫藥箱。

季恆秋翻找時，江蓁蹲下朝土豆招了招手。

「別摸，小心感染。」季恆秋回身叮囑她。

江蓁把受傷的手舉高，說：「知道了。」

季恆秋只找到以前給程夏用的ＯＫ繃，印著卡通花紋，他挑了個粉色的。

剛剛在門口，光線暗，他才發現江蓁換了個髮色，紅色調的，一頭長捲髮有點像迪士尼的小美人魚，又沒那麼亮，偏深一些，襯得她皮膚更白皙。

江蓁拿到了繃，看到人就滿足了。她和季恆秋道完謝，剛轉身要走，就見土豆繞到她面前擋住她前行。

她抬起頭，看著季恆秋點點腳邊正瘋狂蹭她褲子的黃金獵犬。

江蓁的睡衣毛茸茸的，狗最喜歡這種材質，蹭上去就上癮了。

季恆秋無奈地刮了刮下巴，心裡暗罵這丟人玩意不知道像誰，又猛然醍醐灌頂。

還能像誰。

莫名有些惱羞成怒，季恆秋抱著手臂語氣嚴肅道：「這麼喜歡就跟著走吧，我留不住你。」

黃金獵犬挺通人性，被凶了立刻鬆開了，回到自己的窩乖乖趴下。

江蓁看著土豆的可憐樣，朝牠揮了揮手，小聲說：「你爸今天心情不好，乖啊。」

她抬眸看向季恆秋，說：「那我走了，晚安。」

季恆秋「嗯」了一聲。

江蓁走出去兩步，又回頭看他一眼，說不上來，和平時好像沒什麼差別，但總覺得他的態度很冷淡。

沒再多想，江蓁攥著一片OK繃下了樓。

原以為季恆秋只是心情不好，但接下來的一週江蓁越發感到異常。

這個人總是一副冷冷清清的樣子，沒變過，但相處下來就會發現他不經意的溫柔。

溫柔，江蓁沒想到有一天她會用這個詞形容季恆秋。

他看起來不好接近，其實耳根子很軟。

別人找他幫忙，他第一個反應總是拒絕，但稍微求兩聲他就會說好。

這麼凶一個人，店裡的員工卻特別喜歡他，就是知道這個人外冷心熱。

可是最近她坐在吧檯時，季恆秋不會出現在旁邊了。她說想吃蛋包飯，他只說今天不供應。桌上的花瓶裡還是插著洛神玫瑰，但不會再有多出來的一束。

曾經江蓁覺得自己是特殊的，但現在又和店裡的其他客人一樣了。餐盤裡沒有多出來的一碗草莓，咖哩飯上沒有額外的荷包蛋，她有的別人都有，季恆秋沒有再幫她開過小灶。

突然出現的落差感讓江蓁感到慌亂，忽冷忽熱算不上，只是從不冷又回到了冷。她剛覺得和季恆秋熟悉了一點，他又築起一道屏障，讓她無從下手。

是自己太敏感了嗎？江蓁忍不住懷疑。

陸忱偶爾抽空來關心她的戀愛進度，江蓁自己正煩著，聽她一八卦心裡更亂，差點就腦殘到在網路上搜尋「曖昧對象突然冷淡是為什麼？」

這麼渾渾噩噩過去了一週，週日江蓁回家時路過酒館，見裡頭有光亮，她跨上臺階推門進屋。

與往日不同，今天的酒館似乎不對外開放，用作員工聚餐。

兩張四人桌被拼到了一起，所有成員落座其中，滿桌子的菜，中間擺著一口羊肉火鍋，空氣中瀰漫濃郁的飯菜香味。

看到江蓁，裴瀟瀟站起來打招呼，儲昊宇喊：「姐，吃了沒啊！」

江蓁揮揮手：「沒想到你們在聚餐，那我不打擾了，走了啊。」

儲昊宇和陳卓趕緊起身攔住她，兩個小夥子一人一邊把她架到桌子旁。

「走什麼呀，沒吃一起唄。」

「對對對，瀟瀟，去再拿副碗筷！」

季恆秋旁邊還有空位，江蓁被推著坐下，偷偷瞟了他一眼。

他始終沒說什麼，好像對多一個人少一個人並不關心。

陳卓倒了杯糯米酒給江蓁，說是新出壇的，讓她嘗嘗。

糯米酒口感偏甜，一口下去唇齒間滿是清醇糯香。

江蓁抿了一口，咂咂嘴覺得味道不錯，又喝了一小口。

秦柏端著最後一道菜上桌時，程澤凱抱著兒子來了。

陳卓說他來晚了，趕緊自罰三杯。

程澤凱幫程夏摘了圍巾，看見江蓁也在，「喲呵」了一聲。

江蓁朝他笑笑，程澤凱意味深長地說：「挺好，這下真的大團圓了。」

他說完這話其他人立刻開始起鬨，曖昧地看向她和季恆秋。

江蓁只當聽不懂，喝著酒不說話。

和酒館裡的人都挺熟的，陳卓是調酒師，他旁邊那個穿淺色毛衣的叫周明磊，管店裡的財務，兩人是重組家庭異父異母的兄弟。裴瀟瀟是店裡的前檯，挺活潑一小女生，熱愛追星。楊帆、儲昊宇是店裡的服務生，秦柏是新來的主廚。

飯桌上氣氛熱鬧，這群人每天在一起工作，關係很好。

大多都是幾個年輕人在聊，程澤凱得照顧兒子吃飯，江蓁和季恆秋不怎麼說話，安靜地看他們嬉笑玩鬧。

江蓁偶爾能聽到季恆秋笑，輕輕幾聲，嗓音壓得低，他笑的時候她就偷偷看他一眼。

陳卓夾了一塊羊肉給江蓁，說：「姐，妳嘗嘗這個，這是秋哥做的燴羊肉，可好吃了！」

「是嗎。」江蓁笑了笑，卻沒立即動筷子。

她不吃羊肉，今天桌上好幾道羊肉，她沒夾，從小到大就吃不慣，總覺得有股膻味。

一是都夾到碗裡了，不好拒絕也不想掃興，二是這是季恆秋做的，她想嘗嘗看是什麼味道。

江蓁深呼吸一口氣，做好心理建設，用筷子夾起咬了一小口。

舌尖味蕾敏感地察覺到羊膻味，江蓁眉頭皺了皺，強忍著不適吞咽進去。

喉嚨口泛起反胃感，江蓁趕緊灌了一大口糯米酒壓住，喝得太猛她捂著嘴嗆了幾聲。

面前的碗被人拿走，季恆秋把剩下的半塊羊肉夾走吃了。

江蓁看著他，睫毛顫動。

「不吃羊肉？」季恆秋的說話聲只夠兩個人聽見。

江蓁紅著臉點點頭。

桌子大，大家怕江蓁有些菜搆不到，一個一個熱情地夾菜給她，沒多久江蓁碗裡堆成小山。

江蓁偷偷把不吃的夾到季恆秋碗裡，他照單全收。

幾次下來，季恆秋發現江蓁還挺挑食的。

羊肉不吃、芹菜不吃、胡蘿蔔不吃、青椒也不吃，比程夏還難伺候。

和程澤凱說了兩句話，季恆秋剛舉起筷子，就看見碗裡多了兩隻剝好的白灼蝦。

他往旁邊看，江蓁今天穿了白襯衫和一件毛衣背心，現在襯衫袖子捲起，一雙纖纖玉手正在嫻熟地剝蝦。

有一隻剝的不完整，江蓁自己吃了，其他的全放進季恆秋碗裡。

季恆秋看了她一下，目光逐漸沉了下去，沒多說什麼，把蝦吃了，而後抿了一口白酒。

話題不知何時到了季恆秋和江蓁身上，這無可避免，他們今天坐在一起就是全桌的焦點。

陳卓和儲昊宇不正經，喝了酒，情緒激動地要下賭。

賭的是季恆秋和江蓁什麼時候看對眼的，賭注是五百塊錢。

陳卓猜是辣醬那時，儲昊宇說是季恆秋送她回家那次。

兩個人吵吵鬧鬧的，互不退讓，很快其他人也加入進來。

他們吵能吵出什麼勝負，陳卓轉頭問季恆秋：「哥，你說，什麼時候的事？」

江蓁咬著唇角，垂眸不作聲，她也挺想知道他會怎麼回答。

所有目光聚了過來，季恆秋擱下手裡的杯子，臉上沒有一點笑意，沉著聲音說：「沒有的事，別胡說。」

他加重語氣，斷言道：「江蓁看不上我，別讓人家尷尬。」

江蓁鬆開了牙齒，下唇被咬得微微發麻。

他說的是「江蓁看不上我」，但她聽出來了，他的意思是「我不喜歡她」。一個讓雙方都保留體面的說辭，卻像鋒利的剪刀把未完成的畫布割裂，鮮血淋漓地撕碎她所有的期待。

剛剛那一小口羊肉帶來的不適感又返了上來，江蓁捂住發悶的胸口，心臟下墜狠狠砸在地上，她快沒辦法呼吸。

她藉口洗手逃去了後廚，無法面對這樣的場景，比當面拒絕還讓人難堪。

屋裡的氣氛瞬間冷了，誰都沒出聲，程夏張著一雙大眼睛，躲進程澤凱懷裡。

程澤凱欲言又止，最後長長地嘆了聲氣。

季恆秋喝完杯子裡的酒，幸辣液體燒灼肺腑，染紅了眼尾。

他從椅子上起身，邁著大步跟去了後廚。

楊帆擔心地問：「他們會打起來嗎？」

程澤凱哼笑了一聲，說：「打起來好，最好江蓁能甩他兩巴掌把他打清醒。」

季恆秋走進後廚時，江蓁兩隻手撐在水槽邊，臉上沾著水珠，正伏低身子大口喘氣。

聽到腳步聲，她抬頭看了一眼，見是季恆秋抬步就要走。

季恆秋沒讓，伸手攔住她，握著人家手臂把人堵在角落裡。一百八十幾的大個子，往她面前一站光都擋住了。

江蓁抵觸地甩開手，問他想幹什麼。

季恆秋鬆了手，視線垂著，兩人隔了一步，他的聲音逼仄而壓抑。

「我不知道妳和別人是不是也這麼相處，但我這個人沒那麼前衛。江蓁，妳要是沒那個意思，就別整天往我眼前湊，別趁我睡覺偷親我，別撩了我轉頭又去撩別人。」

猛然聽到他說出這些話，江蓁張大眼睛，羞恥感讓臉漲得通紅，她沒想到季恆秋都知道。倒也不怕，都到這局面了，乾脆破罐子破摔。

江蓁深呼吸一口氣，抬頭迎上季恆秋的目光。剛喝了一杯糯米酒，度數不高但也壯了膽，酒意上頭世界都是她的。

「那如果你也沒那個意思，季恆秋，別總是盯著我看，別故意往桌上放洛神玫瑰，別給我的和別人不一樣，別讓我覺得我在你心裡是特殊的。我撩你，你也沒少撩我吧，別把自己說的跟個純情少女一樣。」

視線交織在一起，暗湧的曖昧撕裂在光下。原來彼此都心知肚明，只是選擇默不作聲裝傻，任由緋色浪潮將他們席捲傾覆。

現在一切都說破了，場面有點難辦，他們都沒留一線，話說得太刺太鋒利。

氣氛變得微妙，季恆秋和江蓁互相看著，呼吸漸漸急促，若有似無地糾纏到一起。

他們眼瞳裡映著對方的身影，「嚓」一聲，點燃一團火苗。

沒能如程澤凱的願，他們沒有打起來，倒是吻到一起去了。

像是受到感應，季恆秋向前邁一步的時候江蓁立刻傾身伸手抱住他的脖子。

一個低頭，一個踮腳，季恆秋攬住江蓁的腰，唇瓣貼了上去。

親吻本應柔情，他們這個吻卻有點凶，帶著情緒發洩，像一場不分勝負的角逐。

唇齒廝磨，他們近乎饑渴地相擁，彷彿站在搖搖欲墜的懸崖邊，只有擁抱接吻才能存活。

季恆秋沒留一點餘地，舌是武器，他步步深入，攻城掠地，全部劃為自己的領土。

他是主導，江蓁順從地接受，有意無意地迎合他。鼓膜在發顫，耳邊嗡嗡地響，她聽到誰的心跳聲一下一下，有如雷鳴般轟動。

唇是軟的，舌是熱的，他們交換、分享，共赴一場沉淪歡酣。

精神末梢在甦醒，炙熱白酒交融清甜米酒，這一刻潮汐與火焰共生，荒蕪世界荊棘蔓延，鮮紅玫瑰肆意盛開。

兩個渴望愛的膽小鬼，在昏暗燈光下，在無人角落裡，接了一個瘋狂而浪漫的吻。

直到江蓁覺得快喘不過氣，本能的推了季恆秋一下，這個吻才結束。

分開時呼吸都亂了，額頭抵著額頭，誰也沒好到哪裡去。

江蓁身上的香味越發濃郁，溫柔的玫瑰花香，無限繾綣。季恆秋把臉埋進她的肩窩，嗅著她頸側那塊皮膚，覺得不過癮，又用牙齒輕輕叼住，咬了一口。

江蓁疼得吸了口氣，下意識想躲，季恆秋把人箍在懷裡，安撫地親了親。

再說話的時候江蓁嗓子黏糊糊的，啞了，她揉揉季恆秋的耳垂，覺得自己身上掛了隻大狗，還愛咬人，她說：「我問你，我什麼時候撩別的男人了？」

遠的不提了，季恆秋還埋著頭捨不得鬆手，聲音悶悶的：「前兩天一起喝酒那個。」

江蓁「哦」了一聲：「那個，他叫李潛，是個攝影師，性別男，愛好男。」

季恆秋蹭一下抬起頭，江蓁第一次在他臉上看到這麼豐富的表情。

她忍住嘴角的笑意，戳戳他臉頰：「我跟他能有什麼，我還擔心他看上你呢。」

季恆秋偏過頭不說話了。

江蓁繼續問：「沒那個意思，沒哪個意思啊？」

季恆秋抿著唇，一副誓死不開口的模樣。

江蓁用手掐住他臉頰，季恆秋的臉被捏得變形。

她使壞，故意調戲：「剛不是挺伶牙俐齒的，說呀，沒見過你一下子說那麼多話。」

季恆秋說不過她，甘願認輸，求饒道：「說錯話了，您大人有大量，別計較。」

十幾分鐘內心情坐了趟雲霄飛車，江蓁這時剛從頂峰下來，還沒真實感，沒回過神。世上大概也就他們了，吵架不像吵架，表白不像表白，鬧到彆彆扭扭，又糊裡糊塗親上了。

「我也沒那麼前衛，今天你親我這一下，是不是該負責？」

「負。」

「以後有嘴就要問，別自己想東想西。」

「好。」

「我什麼時候說過看不上你，以後還說這種話嗎？」

「不了。」

江蓁又洗了遍臉，理了理衣服，季恆秋和她出去時，外頭一桌人眨著眼睛盯著他們。

江蓁拿了外套，說先走了，季恆秋送她到門口。

走之前江蓁踮腳在他臉上親了一口，貼在他耳邊小聲說：「我也不只會偷親。」

季恆秋看著她的身影消失在轉角才回了屋裡。

他坐下，掃視了一圈，見一桌人還傻傻的，他用杯底碰了碰桌子，說：「繼續吃啊，看我幹嘛？」

陳卓想張口問，剛發出一個音節就被周明磊掐了下大腿制止住。

季恆秋放下酒杯，拿起桌上的手機，往群組裡扔了三個紅包，數額總共五百。

桌上齊聲發出訊息提示音，大家點開，看到紅包一臉不解。

季恆秋刮了刮下巴，解釋道：「統一回覆，我是辣醬那次，她我不知道，以後再問。」

這話等同往桌上扔了個炸彈，陳卓一下子從椅子上蹦起來，吼著：「我就說！我就說！」

裴瀟瀟捂著臉，尖叫聲快刺穿房頂，儲昊宇因為痛失五百而懊惱，又因季恆秋親口官宣興奮的和陳卓抱成一團。秦柏和楊帆邊笑邊祝福，周明磊默不作聲，率先一步把三個紅包收入囊中。

程澤凱抱著程夏一瞬間紅了眼眶，他狠狠捶了季恆秋一下，忍不住飆了句髒話：「媽的，你急死老子了！」

有人發現盲點，揚聲喊：「那你們剛剛在裡頭這麼長時間都幹什麼了呀？」

「就是啊，老實交代！」

「靠靠靠，我有畫面感了！」

「少兒不宜，快捂小夏耳朵！」

季恆秋替自己倒了半杯酒，起身敬了敬大家，啟唇吐了四個字：「無可奉告。」

眾人異口同聲道：「切——」

陳卓問：「那美女酒鬼呢，怎麼先走了？」

程澤凱斥他：「喊什麼美女酒鬼，沒大沒小。」

周明磊接話道：「喊老闆娘、嫂子。」

「哦——」

氣氛又被點燃，他們吵吵嚷嚷的，酒過三巡，一群醉鬼胡天海地地聊，連季恆秋和江蓁婚禮在哪辦都商量好了。

最後就剩季恆秋還算清醒，他把人一個一個安頓好，累得出了身汗。

程澤凱喝醉了，明天不知道睡到什麼時候，季恆秋把程夏帶回家，明早他送小孩上學。

回家時他到二樓門口停下，按響了門鈴。

江蓁開門，先看見的是程夏，再來是抱著他的季恆秋。

「哼啾嬸嬸！」小孩奶聲奶氣地喊。

江蓁摸了摸他肉乎乎的圓臉蛋，問他：「你怎麼在這呀？」

程夏攬著季恆秋脖子說：「今天哼啾叔叔陪我睡。」

江蓁看著季恆秋，恍然大悟，哼啾，恆秋，原來是這個意思，感情她早就被占了便宜。

她抱著手臂靠在門邊，問：「有事嗎，秋老闆？」

季恆秋顛了顛懷裡的程夏，問江蓁：「看妳晚上沒吃多少，餓不餓？要不要我再做點東西？」

江蓁抑住想要上揚的嘴角，假裝猶豫了一下，說：「好啊，那我洗完澡就上去。」

季恆秋點了下頭：「行。」

關上門，江蓁哼哼哈嘿來了一套空氣拳，深呼吸了三遍，臉上的笑容還是收不住，快要咧到耳後根。

人一得意就忍不住找人炫耀，她抓著手機，傳訊息給最親愛的陸忱。

江蓁：『在幹嘛呀？』

陸忱：『剛開完會，餓死我了，妳呢？』

江蓁：『準備洗澡，等等吃男朋友做的宵夜——』
陸忱：『我宵你媽的夜，滾！』

——《共酣小酒館》（上）完——
——敬請期待《共酣小酒館》（下）——

高寶書版集團
gobooks.com.tw

YH 205
共酣小酒館（上）

作　　者　Zoody
責任編輯　吳培禎
封面設計　虫羊氏
內頁排版　賴姵均
企　　劃　何嘉雯

發 行 人　朱凱蕾
出　　版　英屬維京群島商高寶國際有限公司台灣分公司
　　　　　Global Group Holdings, Ltd.
地　　址　台北市內湖區洲子街88號3樓
網　　址　gobooks.com.tw
電　　話　(02) 27992788
電　　郵　readers@gobooks.com.tw（讀者服務部）
傳　　真　出版部(02) 27990909　行銷部 (02) 27993088
郵政劃撥　19394552
戶　　名　英屬維京群島商高寶國際有限公司台灣分公司
發　　行　英屬維京群島商高寶國際有限公司台灣分公司
法律顧問　永然聯合法律事務所
初　　版　2025年07月

原著書名：《共酣》由北京晉江原創網絡科技有限公司授權出版。

國家圖書館出版品預行編目(CIP)資料

共酣小酒館 / Zoody著. -- 初版. -- 臺北市：英屬維京群島商高寶國際有限公司臺灣分公司, 2025.07
冊； 公分. --

ISBN 978-626-402-301-6(上冊：平裝). --
ISBN 978-626-402-302-3(下冊：平裝). --
ISBN 978-626-402-303-0(全套：平裝)

857.7　　114008580